당신과 나의 하루, 에세이로 피어나다

당신과 나의 하루, 에세이로 피어나다

학원장 8인이 전하는 일상 속 삶의 메시지 40

초 판 1쇄 2025년 04월 11일

지은이 최문희, 이효원, 심다현, 신나영, 박지영, 윤영진, 전승희, 김위아
펴낸이 류종렬

펴낸곳 미다스북스
본부장 임종익
편집장 이다경, 김가영
디자인 임인영, 윤가희
책임진행 이예나, 김요섭, 안채원, 김은진, 장민주

등록 2001년 3월 21일 제2001-000040호
주소 서울시 마포구 양화로 133 서교타워 711호
전화 02) 322-7802~3
팩스 02) 6007-1845
블로그 http://blog.naver.com/midasbooks
전자주소 midasbooks@hanmail.net
페이스북 https://www.facebook.com/midasbooks425
인스타그램 https://www.instagram.com/midasbooks

ISBN 979-11-7355-186-4 03810

값 **18,500원**

미다스북스는 다음세대에게 필요한 지혜와 교양을 생각합니다.

당신과
나의 하루,
에세이로
피어나다

학원장 8인이 전하는
일상 속 삶의 **메시지 40**

최문희

이효원

심다현

신나영

박지영

윤영진

전승희

김위아

미다스북스

* 책에 나오는 이름의 일부는 가명입니다.

프롤로그

에세이를 왜 읽어? 평범한 사람이 쓴걸. 뻔한 얘기잖아!

성공담과 자기계발서만 읽었습니다. 베스트셀러 읽으며 요란하게 밑줄 그었습니다. 새해가 되면 명언 집 사서 필사했습니다. 에세이에는 손이 가지 않았습니다. 글 쓰면서 경험을 들추어 보니, 그동안 찾아 헤매던 명언과 인생 메시지는 내가 품고 있었습니다. 어떻게 살아야 할지에 대한 해답은 내 안에 있었습니다. 밑줄 그을 곳은 당신과 나의 글이었습니다.

잘나가던 학원이 어려워지고 건강도 잃고 나서 알았습니다. 인생에서 소중한 것은 흘려버린 하루, 챙기지 못한 가족과 이웃 그리고 나 자신이라는 걸요. 암 치료로 병원에 있을 때, 카페라테 한 모금이 그리웠습니다. 길가 화단의 튤립에게 눈인사하며 거리를 걷고 싶었습니다. 잃고 나니, 마음 시리도록 그리웠습니다. '그동안 누렸던 일상이 큰 축복이었어.' 그때부터였나 봅니다. 작은 행복과 에세이에 눈뜬 것이요. 위인만이 나에게 힘이 된다고 믿으며 살았습니다. 절망스러운 순간에 용기를 준 건, 책과 더불어 가족과 이웃이었습니다. 나와 같은 하늘 아래에서 숨 쉬고, 비슷한 일을 겪은 사람이 희망이었습니다.

영화 〈어바웃 타임About Time〉의 주인공 팀에게는 특별한 능력이 있습니다. 과거로 돌아가 미래를 바꿀 수 있습니다. 시간 여행을 즐기는 그에게, 죽음을 앞둔 아버지는 인생 잘 사는 법을 알려 줍니다. '같은 일상을 두 번 살아라Live Every day Twice.' 한 번은 흘러가는 대로 살았다면, 두 번째는 그냥 지나쳤던 순간에 의미를 두어 같은 하루지만 다르게 느껴보라고 합니다. 팀은 아버지 말대로 합니다. 분명 같은 일상이었는데, 두 번째에선 보이지 않던 것이 보였고 행복 지수가 높아졌습니다. 팀은 시간 여행을 멈추고, 하루에 최선을 다하기로 합니다.

우리는 지나간 시간과 경험을 바꾸지 못합니다. 영화 주인공이 아니거든요. 그래도? 하루를 두 번 사는 방법은 있습니다! 과거에서 배울 거리를 찾는 것입니다. 분명 같은 경험인데요. 메시지를 찾기 전과 후는 24시간의 가치가 달라집니다. 어떤 하루도 무의미한 순간은 없습니다.

『당신과 나의 하루, 에세이로 피어나다』 공저자 여덟 명은 학원장 읽고 쓰기 커뮤니티 '위아비즈 아카데미' 멤버입니다. 경영과 책을 사랑한다는 공통점으로 만나, 함께 경영 공부하고 글을 씁니다. 일상에서 발견한 소중한 배움을 나누며 하루를 두 번 삽니다.

'내 경험의 가치를 찾아 인생 메시지 뽑아내기'로 웅크려진 삶이 피어났습니다. 밑줄 긋고, 별표 그리고, 형광펜 칠하고, 포스트잇 붙이고, 메모할 곳은 나의 삶입니다. 누구를 만나고 어떤 상황을 겪었든, 우리 삶에는 교훈이 있었습니다. 쓰디쓴 경험일수록 배울 점을 찾으니 삶이 가벼워지고 달콤해졌습니다. 독자분들도 나, 가족, 사회에서 만난 사람과 인생 곳곳을 돌아보며 내 안에 숨은 명언을 찾아보세요. 내가 만든 인생 메시지와 함께할 때 사람, 사물, 시간 모든 것에 사랑이 깃들 거예요.

우리가 그랬던 것처럼.

김위아

1장

자화상,
나에게 밑줄 긋기

네가 말한 팔자?
아니! 내가 택한 운명!

최문희

관상보다는 심상이 중요하다. 정해진 팔자는 존재하지 않는다.

_최문희

마음이 편하면 점집과 철학관을 찾지 않는다. 20대와 30대에는 현실이 답답했고, 미래가 궁금했는지 종종 찾았다. 처음 '점'에 끌린 계기가 있다. 1994년 학부모 한 분이 무속인이었다. 학생을 집에 데려다줄 때마다, 점괘를 툭툭 던지곤 했다. 처음 만났을 때 했던 말을 잊을 수 없다. '비행기 타고 다닐 팔자다.' 신났다. 비행기를 본 적도, 타 본 적도 없던 시절이었는데, 그 말은 사막에서 오아시스를 만난 것 같은 기쁨이었다. '제천'에서 학생을 가르치는 직업이 싫지 않았지만, 기회가 있다면 어디론가 새처럼 자유롭게 날아다니고 싶은 마음을 미리 읽어 준 것이다. 마음은 벌써 성층권에 닿은 느낌이었다. 비행기 타고 다니는 일이 운명임을 믿고 기회만 있다면 현실로 만들었다.

결혼 적령기가 지나면서 엄마의 잔소리가 심해졌다. 새해마다 신년 점을 보러 점집과 철학관에 다녔다. 사주를 쌀로 보든, 방울로 보든, 주역 책을 펴서 보든, 미래를 말하는 사람들은 거의 같은 말을 했다. 그거야말로 타고난 팔자였다. "얘는 시집 늦게 가. 혹시 일찍 시집가면 이혼할 수가 있어. 혼자 살아야 해. 시집 못가도 내버려둬! 그리고 얘는 평생 하늘에서 금은보화가 떨어져. 그런데 손가락을 벌리고 있어 돈이 없어. 부귀영화를 기대하면 안 돼. 그리고 사주에 비행기가 있어." 다른 말은 사소했는지 기억에서 사라졌다. 머릿속에 각인된 건 위에서 말한 내용이다. 점술인의 예언을 믿고 천방지축 돌아다녔다. 엄마는 딸이 이곳저곳을 다니는 걸 못마땅했지만 '딸 팔자가 그런가 보다.'하고 포기했고 덕분에 혼자만의 자유를 마음껏 누렸다. 결국, 듣고 싶었던 말을 선택했고, 따랐고, 즐긴 것이다.

서너 달 전 오랜만에 점집을 찾았다. 준비 중이던 책의 출판 시기, 출판 후 반응, 노후에 관한 몇 가지 궁금증이 생겨 용하다는 무당을 찾아갔다. 블로그, 인스타 평점이 거의 만점에 가까웠다. 예약이 하늘의 별따기만큼 어려웠다. 한 달을 기다려 겨우 30분 시간을 얻을 수 있었다. 상담비는 정찰제였다. 30분에 100,000원이었다. 상담이 시작되니 그녀는 수능 타이머를 내 앞으로 돌려놓았다. '시간은 30분이다. 잘 지켜!' 하는 느낌이었다. 법당은 어릴 적 보았던 이미지와 너무 달랐다. 예전에는 집 지붕 또는 대문에 점집 모양 깃발이 있었다. 이번은 어여쁜 전원주택에 'ㅇㅇ 무형문화재 ㅇ호 간판'이 있었다. 깜놀! 이렇게 힙한 점집은 처음이었다. 실내는 입을 틀어막을 정도로 아름다웠다. 마치 비밀의 정원을 품고 있는 듯한 통창 대기실에서 무당과의 영접을 기다렸다. 그녀는 신세대 스타일이다. 영화 〈파묘〉 김고은의 중년 느낌이었다. 오묘하며 멋지다고 생각했다.

본론으로 들어갔다. 그녀는 나의 사주를 듣자마자 눈이 동그래지더니 "고민이 많네! 많아." 했다. 그냥 몇 가지가 궁금했을 뿐이다. 가벼운 궁금증을 큰일처럼 표현하는 무게감이 반갑지 않았다. 그녀는 줄줄이 쏟아냈다. "삶이 너무 힘들어, 일은 막 꼬여있어, 직원들이 잘 안 따라오네, 앞으로 몇 년간 더 힘들 것 같아. 책도 잘 안돼, 자궁이 아프네." 그리고 덧붙였다. 돈이 참 없네. 보통 사람들이 힘들어할 법한 일반적인 고민을 말했다. 그러면서 마지막에 이런 말을 했다. "이 모든 게 62살에 팍팍 풀려. 책도 그즈음 출판하면 좋겠어." 갑자기 되묻고 싶어졌다. "저는 62살까지 살아있나요?" 그녀는 대답 대신 웃었다. 어리석은 질문을 하느냐는 눈치였다. 다섯 개 질문 중 네 개를 부정적으로 답했다. 그녀가 제시한 방법은 내가 무엇을 고민하든 62살 이후에 시도하라는 것이다.

그녀가 말한 내 미래는 회색빛이었다. 점집 주차장에서 차 시동을 걸면서 불현듯 무당이 말한 사주에 도전해 보고 싶었다. 사는 대로 생각하는 것이 아니고 생각한 대로 사는 것이다. 부정적으로 말했던 대표적인 것 중 하나는 책 출판 시기였다. 2024년, 2025년은 좋은 시기가 아니라고 했지만 난 출판사 계획대로 2024년 말에 출간했다. 총판매 부수가 많은 건 아니다. 하지만 기대보다 많이 팔렸다. 가장 큰 고민이었던 책후기는 호평이 대부분이었다. 기뻤다. 첫 글쓰기는 대성공이었고, 출판시기도 잘 맞았다. 결국, 무당의 예언과 달리 내 선택이 옳았다.

사람들은 답답한 현실과 불확실한 미래의 궁금증으로 역술인을 찾는다. 그들은 그들만의 방법으로 타인의 삶을 예견한다. 원했던 좋은 말을 듣게 되면 삶이 더 진취적으로 변하고, 많은 면에서 긍정적 변화를 일으킨다. 문제는 원했던 것과 다른 답을 들었을 때다. 귀담아듣는 동시에 다양한 의견이라 생각하고 문제 해결 창구로 사용해라. '관상보다는 심상이 중요하다'라는 말이 있듯 타고난 팔자는 마음 먹기에 따라 충분히 달라질 수 있다.

2

끌리는 대로
살래요

이효원

좋아하는 것, 끌리는 것, 내가 느끼는 모든 것.
하나둘 '나 사용 설명서'를 채워가며, 무채색이던 인생에 알맞은 색을 채워간다.

_이효원

엄마와 언니의 싸움으로 조용할 날이 없었다. 두 여자의 불똥이 나한테 튀기지 않길 바라면서 아무것도 못 들은 척 조용히 책만 읽던 나였다. 예민한 엄마, 언니와 함께 살다 보니 눈치만 빨라지고, 상대의 감정 변화를 알아차리는 데는 도사가 되었다. 내가 있는 곳에서는 누구도 불편한 감정 없이 편안하길 바랐다. 그 방법이 상대의 기분에 모든 걸 맞춰주는 거라 생각했다. 어느 순간부터 누군가 나의 의견을 물으면 자동반사처럼 같은 대답이 튀어나왔다.

"좋은데? 네가 좋으면 나는 다 좋아."

여행을 계획할 때, 이미 많은 사람이 다녀온 곳부터 찾았다. 내가 무얼 좋아하는지 알지 못하니 평점이 높은 곳, 공통으로 소개되는 곳이 계획 1순위에 들어갔다. 많은 사람이 좋았다고 했으니 나도 당연히 좋아할 것이라 여겼다. '이게 뭐가 맛있다는 건가?' 싶었던 적도 있지만, 대다수의 추천이었으니 '이런 걸 맛있다고 하는가 보다.' 생각했다. 외국임에도 한국인들로 북적거리는 식당에 있을 때면 제대로 왔나보다 생각이 들며 마음이 편해졌다. 문제는 시간이 흘러 다시 생각날 만큼 좋은 기억은 아니었다는 것이다. 좋았다고 생각했던 그 순간의 감정은 오롯이 나의 것이 아니었다. 다른 사람의 의견이 곧 나의 의견이라며 나를 설득했던 것이었다.

'분야와 상관없이 내가 좋아하는 취향을 말해주세요.' 이 주제로 글을 쓰는 수업이 있었다. 한 글자도 쓰지 못하고 오래 고민했다. 내게는 다른 어떤 주제보다도 어려웠다. 좋아하는 취향? 나에게 그런 게 있던가? 상대가 좋아하는 게 내가 좋아하는 거였다. 나를 들여다보고 내가 원하는 것을 선택하는 건 익숙하지 않았다.

그러다 우연히 누군가의 글을 읽었다. 본인의 취향을 다른 사람에게 소개하는 글이었다.

나는 잘 정돈된 흰색 침구류가 좋습니다.
나는 우드 계열의 중성적인 향수가 좋습니다.
나는 침실 옆에 정갈하면서 큰 키를 가진 식물을 두는 것이 좋습니다.
나는 푹신한 의자가 있는 고풍스러운 분위기의 카페가 좋습니다.

신기했다. 본인의 취향을 글로 쓰기까지 어떤 시간으로 인생을 채워 나갔을까. 자신에게 어떤 순간을 선물하고, 어떤 시간을 보냈기에 "나는 _____을 좋아해."라고 말할 수 있는 걸까?

작년 겨울 혼자 여행을 떠났다. 매번 같이 가는 친구가 가고 싶은 곳, 혹은 다녀온 여러 사람들의 추천 리스트로 가득 찬 여행을 다니던 나였다. 처음으로 숙소만 정한 채 정보 없이 여행길에 올랐다. 지나가다 눈길을 사로잡는 곳에 들어가 보았다. 우연히 들어간 장소에서 내가 어떤 감정을 느낄지 궁금했다. '아 나는 이런 분위기를 좋아하는구나. 이런 장소에 오래 머물고 싶어 하는구나. 이런 분위기는 꽤 불편하구나.' 느껴지는 그대로 생각했다. 같이 간 일행이 없으니 오롯이 내가 가보고 싶은 곳이 그날의 일정이 되었다. 도시마다 자리한 서점과 대학교가 궁금했다. 오래된 서점에 들어가 책 표지를 실컷 구경했다. 마음이 편안해지며 그 기분을 더 느끼고 싶었다. 한편에 자리 잡고 앉아 챙겨간 책을 읽고 필사했다. 이번 여행의 가장 기억에 남는 순간이다. 다음에는 내가 무엇을 보고, 느끼고, 생각하게 될지 궁금해지면서 또 오고 싶었다. 낯선 장소에서 진짜 내가 되어 보는 경험은 정말 매력적이었다.

쉬는 날, 매번 가던 곳이 아닌 새로운 곳에 가본다. 오래 머물고 싶고, 또 오고 싶은 장소를 찾는 게 설레고 재밌다. 누군가의 취향이 듬뿍 묻어있는 장소에 가 보는 것은 나에게 꼭 필요한 인생 공부였다. 본인의 취향을 말로, 글로, 공간으로, 작품으로 재창조해 다른 사람에게 전달하는 무언가를 볼 때면 그 속에서 그 사람의 생각, 추억, 고집스러운 취향, 곧 철학을 느낄 수 있었다.

다수의 선택, 안전한 선택을 해오다 보니 내가 좋아하는 것을 알지 못했다. 글을 쓰면서 알게 되었다. 대세에 몸을 맡기며 감정의 기준이 내가 아닌 밖에 있었다. 날 것 그대로 접해보니 자연스레 싫어하는 것, 피하고 싶은 것이 생겼다. 그 모든 것이 나였다. 취향을 찾는 게 곧 나만의 철학이 되어줄 수 있음을 알았다. 다른 사람이 좋아하는 것이 아닌, 내가 좋아하는 것. 끌리는 것. 내가 느끼는 모든 것. 하나둘 '나 사용 설명서'를 채워 나가며 무채색이던 인생에 알맞은 색을 채워간다.

일상의 휴식 한 조각 필요한 순간, 하나 된 듯 스며들고 싶은 장소, 향기, 무드를 더 많이 찾아가고 싶다. 그것이 내 인생을 더 다채롭고 재밌게 만들어 줄 것임을 안다. 50대, 60대가 되어서도 좋아하는 것을 곁에 두고 나의 감성으로 하루를 채워가는 인생을 살고 싶다. 매일 반복되는 일상에 잔잔한 나만의 감성을 끼워 넣을 마음의 여유가 있다는 게 얼마나 소중한 일인가. 이 글을 읽는 분들에게 묻고 싶다.

"당신의 취향은 무엇인가요?"

3

쓸개 없는
여자

심다현

하나를 잃으면 하나를 얻는다고 했던가!

두려움 없이 다양한 음식을 경험하면서, 생각도 유연해졌다.

세상을 바라보는 시각도 긍정적으로 변했다.

_심다현

나에게는 참을 수 없는 것이 세 가지 있다. 첫 번째는 귀여운 것이다. 중학교 다닐 때 학교 앞에 아트박스라는 문구 팬시 전문점이 있었다. 산리오 캐릭터 중 나는 '폼폼푸린'을 가장 좋아했다. 그 당시 샀던 푸린 지갑이 아직도 집에 있다. 지금 봐도 너무 귀엽고 예쁘다. 딸 문정이가 지갑을 보니, 중학생 때 이런 캐릭터 지갑을 썼냐고 놀라서 물었다. 난 '너무 예쁘지?' 하고 웃었다.

매일매일 귀여운 아이들을 보면서 웃을 때마다 학원 운영하길 잘했다는 생각이 든다. 어느 날, 여섯 살 학생이 학원 오면서 길가에 핀 개망초를 꺾어 와서 나에게 주었다. 이런 꽃 선물은 처음이었다. 개망초의 꽃말은 '가까이 있는 사람을 행복하게 해 주고, 멀리 있는 사람은 가까이 다가오게 해 준다'다. 여섯 살 아이가 꽃말을 알고 주진 않았겠지만, 꽃을 보고 나를 생각해 준 것이 감동스러웠다.

두 번째는 불쌍한 것이다. 불쌍한 것을 보면 못 지나치는 편이다. 『사장학개론』을 읽으면서, 다른 사람을 현명하게 돕는 법을 다시 생각하게 되었다. 다른 사람을 돕기 위해 자신이 할 수 있는 일과 할 수 없는 일이 있다. 계속 도와줄 수는 없으니, 이를 현실적으로 생각하고 책임감이나 죄책감에 빠지지 말라 이야기하고 있다. 그냥 도와주기만 해서는 안 된다. 근본적인 문제를 파악하고 장기적인 결과까지도 생각한 후 도움을 주어야 한다.

세 번째는 맛있는 것이다. 예전의 나는 음식에는 별로 흥미가 없었다. 먹는 것이 귀찮았고 '알약 하나로 배부르면 얼마나 편할까?' 하고 생각했다. 그래서 나는 평생 마른 사람으로 살리라 생각했다. 친구들이랑 식당에 가서도 메뉴를 고르는 일은 먹는 것에 진심인 친구들의 몫이었다. 음식에 관심이 없으니 어떤 메뉴여도 괜찮았다.

살찌는 것을 걱정하는 날이 올 거라는 생각도 못 했는데 역시 사람 일은 모른다. 현재의 나만 아는 사람들에게 우스갯소리로 지금이 제일 뚱뚱한 때라고 이야기한다. 말랐던 과거로 돌아가고 싶은지 묻는다면 내 대답은 당연히 "No."이다. 매일 아팠던 그때보다 건강한 지금의 내가 좋다.

어릴 적 자주 아팠기에 병원이 제2의 집이었다. 음식도 잘 먹지 못했는데 속이 불편하니, 더 적게 먹을 수밖에 없었다. 아이 낳고 1년 후 병원에 갔는데 쓸개에 결석이 있어, 담낭을 제거해야 한다고 했다. 간단한 수술이라고 했지만, 나이 서른 살에 아이를 집에 두고 입원해야 하니 걱정이 한 보따리였다. 수술은 '성공'이었다. 처음에는 부작용들로 힘들었지만, 적응해 나갔다.

수술 후 서너 달은 담즙이 역류하여 위염으로 고생했다. 출산 후 늘었던 몸무게가 다시 줄어 자동으로 다이어트는 되었지만, 생기는 전혀 없었다. 가장 불편했던 증상은 음식을 먹으면 바로 배탈이 난 듯 화장실로 직행해야 하는 것이었다. 삶의 질이 떨어졌고, 외출을 최대한 자제했다. 음식점에서 식사하고 차를 타고 이동 중에 화장실을 찾아 차를 세운 경험이 부지기수다. 이러한 생활이 끝나지 않을 것만 같았고, '영원히 갇혀 살아야 하는 건가' 하는 생각이 들었다. 하지만 죽으라는 법은 없다. 시간이 지날수록 배탈의 횟수도 줄었고 외출도 하게 되었다. 6개월쯤

후에는 거의 정상 생활이 가능해졌다. 절망하며 멈추고 있는 그 시간도 결국은 흘러가더라. 어떤 것도 절대적인 것은 없기에 변화를 받아들이게 되었다.

현재는 쓸개 없는 사람으로 잘 살아가고 있다. 수술 이후 새로운 세계가 펼쳐졌다. 음식을 잘 아는 먹잘알의 세계에 빠져들었다. 나는 맛있는 것을 좋아하는 사람이라는 것을 깨달았다. 담낭 제거 수술 후에는 소화가 전보다 잘 되다 보니 먹는 두려움이 없어졌다. 지금은 이렇게 행복을 느낄 수 있음에 감사하다. 하나를 잃으면 하나를 얻는다고 했던가! 다양한 먹거리를 경험하면서, 생각도 유연해졌다. 세상을 바라보는 시각도 점차 긍정적으로 변했다. 나는 쓸개를 잃은 대신 긍정적인 생각을 가지게 된 셈이다.

4

갱년기여!
올 테면 와라

신나영

> 누구든 살면서 힘든 시기가 온다.
> 무엇이든 나의 내면을 정면으로 마주할 때 나쁜 상황에서 벗어난다.
>
> _신나영

20대부터 나이 들어가는 것이 참 좋다고 생각했다. 나이는 사람을 성숙하고 지혜롭게 만들기 때문이다. 20대 후반에는 물질보다는 정신을 추구하는 삶이 훨씬 풍요롭게 느껴졌다. 그러한 삶으로 조금씩 바꾸다 보니 성공하고 싶은 마음을 조금씩 내려놓을 수 있었고 심리적으로 편안해졌다. 그건 20대 때 다녔던 교회와 마음수련원의 영향 때문이다. 교회에서 보고 들었던 성경과 말씀, 마음수련원의 강의와 명상은 보이지 않는 큰 가치를 심어주었고 사고의 틀을 부숴주었다. 성공보다는 행복에 초점을 맞추며 살아갈 수 있었다.

당신과 나의 하루, 에세이로 피어나다

결혼하면서 나는 결혼 예찬론자가 되었다. 전업주부를 꿈꿔 본 적은 없지만, 아이를 낳으면 당연히 내 손으로 키워야 한다고 생각했다. 아이 낳기 한 달 전, 학원 강사를 그만두고 전업주부가 되었다. 아이를 키울 때는 내 시간이 거의 없었다. 온전히 아이에게 신경 써야 해서 잠 한번 실컷 자봤으면 했다. 육아하면서 심리적 여유가 필요할 땐 아이가 잠들 때쯤 유모차에 아이를 태우고 집 근처 커피숍으로 갔다.

커피 번 빵이 2,500원, 커피 한 잔 3,800원, 합이 6,300원이다. 남편 혼자 버는 데 일주일에 4~5번씩 커피숍에 와서 이런 여유를 즐겨도 되나 싶었다. 하지만 그 시간만큼은 포기할 수 없었다. 그런데 지금은 그 당시의 나를 칭찬해 주고 싶다. 나의 정신건강을 유지하는 비용으로는 아주 저렴했다. 비용을 지불했기에 건강하고 밝게 아이들을 키울 수 있었고 신나고 활기찬 엄마였음을…. 나만의 행복과 즐거움을 어떻게든 찾으려 했다. 그래서인지 아이를 키우면서 산후우울증은 없었다.

그런데 큰아이가 중1, 작은아이가 5학년 무렵부터 알 수 없는 우울감이 느껴졌다. 내 마음이 1층에서 점점 아래층으로 내려가 지하에 머물러 있는 게 아닌가? 기다리면 마음의 텐션이 올라올까 싶어 기다리지만 올라오지 않는다. 도대체 알 수 없는 긴 터널 속을 걸어가고 있는 느낌! '왜 그렇지? 언제쯤 빛이 드러날까? 앞이 보이기는 할까?' 왜 그런지 몰라 막연히 마음을 관찰하는 것 말고는 달리할 수 있는 것이 없었다. 4~5년이 흐른 최근에, 예전에 사놓은 『폐경기 여성의 몸 여성의 지혜』의 서문을 읽다가 '유레카'를 외쳤다. "자기야! 내가 갱년기였나 봐. 책에서 말하는 거랑 내 증상이 똑같아!" 화장실에 앉아 있는 남편한테 기뻐서 말했다.

나는 폐경기가 시작되기 전 1, 2년을 매우 힘들게 보냈다. 누군가 일을 방해하면 지나치게 신경질적인 반응을 보이는가 하면 직원들이나 동료가 나만큼 헌신적으로 일하지 않는다는 생각에 그들과 자주 언쟁을 벌이곤 했다. 30대 시절에는 글을 쓰거나 전화 통화를 하는 동안 아이들이 방해도 너그럽게 넘기곤 하던 나였다. 그 당시 내게는 가족에게 사랑과 관심을 베푸는 일이 나 자신의 분노나 절망감보다도 소중했다.

그러나 폐경기가 가까워지자 나는 점점 인내심을 잃어갔다. 바쁘게 저녁 준비를 하고 있는데 열여덟 살인 딸이 주방에 들어와 '엄마 저녁 언제 먹어요? 라고 묻기만 해도 화가 벌컥 났다. 왜 언제나 나만 식사 준비를 해야 하는 거야? 난 지금 배도 안 고프고 일할 게 산더미처럼 쌓여있는데! 남편이 부엌에 들어오면 천지라도 개벽한대? 다른 식구들은 손이 없어, 발이 없어! 왜 다들 손가락 하나 까딱 안 하면서 내가 해다 바치기만 기다리는 거야!

(참고 : 『폐경기 여성의 몸 여성의 지혜』, p13)

내 마음을 그대로 옮겨놓은 것 같아 위로되었다. 그리고 알 수 없는 증상이 갱년기임을 인지했다. 내가 외치고 싶은 말이 책에 그대로 있어 동지를 만난 것처럼 기뻤다. 그 사실을 인지하는 것만으로도 희망이 생겼고 빛이 보이기 시작했다. 중년기는 사춘기 이후로 영적·정신적 에너지가 가장 많이 활성화되는 시기이다. 폐경기 호르몬의 변화는 여성을 좀 더 지혜롭고 당당하게 만드는 원동력이다. 생식호르몬에 가려졌던 통찰력이 제 기능을 발휘하면서 열정과 영혼이 불타오르고 오랜 세월 동안 숙성되어 온 창조적 에너지가 되살아난다.

증상을 알게 되니 친구들에게도 속 시원히 이야기할 수 있었다. 전에는 무슨 증상인지 몰라 어떤 말도 나오지 않았고 계속 물음표만 달고 있었다. 이제는 친구들의 갱년기는 어떤지 물어볼 수 있는 여유가 생겼고 빠져나갈 수 없을 것만 같았던 캄캄한 터널에 빛이 보이기 시작했다. 주변에 우울증과 무기력으로 힘들어하는 지인이나 친구가 있으면 갱년기 신호일 수 있다고 말해준다.

나의 갱년기는 힘들었지만 나를 더 지혜롭고, 성숙하게 만들어가는 중이다. 갱년기를 보내는 이 시간을 사랑하게 되었다. '피하지 못하면 즐겨라.'라는 말이 있듯이 갱년기가 지나가는 그 순간까지 흠뻑 빠져 사랑하고 느껴볼 것이다.

누구든 살면서 힘든 시기가 온다. 잘 보내는 방법은 달리 없는 것 같다. 나의 내면을 정면으로 마주하고 인지할 때 나쁜 상황에서 벗어난다. '올 테면 와 보라' 하는 심정으로 받아들인다면 조금은 쉽게 넘길 수 있다. 그 과정을 넘어서면 나는 더 단단해질 것이다. 갱년기는 내 삶 전반기의 마지막 인사이자 후반기의 개막식 선언이다. 유후~

밤이 지나면 새벽이 오는 것이 자연의 이치인 것처럼 우리 삶에서 자연스레 오는 갱년기는 가슴 뛰는 삶을 살 수 있는 징검다리이다. 멋진 중년을 맞이하기 위해서는 갱년기와 바통 터치해야 한다.

5

화병
접근 금지

박지영

갈등이 깊어질수록 무관심은 쉬운 선택이지만

소중한 관계를 지키는 길은 언제나 열린 마음에서 시작된다.

_박지영

사람들은 흔히 연장자에게 무조건 예의와 복종을 강조한다. 하지만 어릴 때부터 그것이 항상 옳은 것은 아니라는 것을 깨달았다. 속으로는 억울하고 불합리하다고 느끼는데도, 그저 '윗사람이니까'라는 이유로 침묵하는 게 옳은 일일까? 감정을 억누르면 화병으로 이어질 뿐 아니라, 삶의 균형을 무너뜨리는 지름길이라는 걸 경험으로 알게 되었다. 그래서 어른에게 내 마음을 현명하게 전하는 방법을 찾았다.

여러 명이 있는 곳에서는 불편한 이야기는 하지 않는다. 따로 만나거나 둘이 있을 때 서운했던 감정을 이야기한다. 때로는 지나간 일을 꺼내는 것을 불편해하는 사람도 있었지만 대부분 "그럴 수 있겠다."며 공감하고 행동의 변화를 보였다. 그래서 더 나은 관계로 발전한 경우가 많았다. 나도 마찬가지다. 내가 잘못하면 아이에게도 사과했다. "엄마가 이번 일은 잘못한 거 같아. 미안해~", "선생님이 잘못 생각한 것 같아. 미안해~" 이렇게 하면 내 아이도 학생도 빠르게 사과한다.

오빠와 동생 사이에서 중재하며 내 성격에 많은 영향을 미쳤다. 부모님 사이에 다툼이 있어도 두 분 관계를 부드럽게 하려고 애썼다. 참는 게 해답이 아닐 때도 있다. 그래서 침묵 대신 소통을 선택했다. 이 생각은 나를 성장시키고, 건강하고 행복한 삶을 사는 데 중요한 원동력이 되었다. 그리고 내 가치관에 따라 판단하고 말한다. 평소에는 따뜻하고 예쁘게 말한다고 지인들이 자주 말한다.

화내지 않고 내 입장을 표현하는 방식은 한 사건을 계기로 자리 잡았다. 우리 가족과 친척 사이에 어려운 일이 있었지만, 아버지는 감정을 앞세우지 않고 조용히 상황을 지켜보셨다. 당시 우리 가족에게는 큰 어려움이었고, 해결이 시급한 상황이었다. 그때는 나도 어릴 때라 어떻게 대처해야 할지 잘 몰랐다. 엄마는 화병이 나실 지경이어서 아버지의 태도가 답답하게 느껴지기도 했지만, 시간이 지나면서 감정을 절제하는 모습이 어떤 의미인지 곱씹어보게 되었다.

성인이 되어, 부당하게 당한 그때 상황을 그분의 누나에게 전달했다. 내 말을 전해 들으신 후 동생과 얘기했는지 엄마의 화를 조금 풀어드리게 되었다. 직접 대화로 해결했더니 엄마의 화병도 치유가 되었다. 억울한 일은 말로 풀어야 한다고 생각한 계기가 되었다.

화병은 억눌린 감정에서 비롯된다. 이를 적극적으로 예방하기 위해 감정 표현과 논리적 대화를 하는 것이 생활 습관으로 굳어진 듯하다. 억울하거나 부당하다고 느낄 때 그것을 무조건 참지 않고 내 마음을 차분히 이야기하고 지나간다. 그렇게 하지 않으면, 계속 생각이 나고 그 일에서 시원하게 빠져나올 수가 없었다. 내가 진심으로 말했는데 상대가 몰라 준다 하더라도 '그것은 어쩔 수 없는 일이다'라는 결론에 도달했다. 이는 내 감정을 보호하고 상대방과의 관계를 지속하는 데 큰 도움이 되었다.

친구나 지인과의 관계에서 이 방법은 중요했다. 친한 사이라도 쉽게 이야기 꺼내기가 힘들 때가 있다. 나의 솔직한 의견이 상대방을 불편하게 만들기도 했지만, 장기적으로는 서로 간의 존중과 신뢰를 쌓아가는 데 큰 역할을 했다. 감정적으로 대처하지 않고 이성적으로 접근했기에 상대방 역시 나를 더 이해하려고 노력하는 모습을 보였다.

내가 실천하는 화병 접근 금지의 원칙은 단순하다.

1. 부당함을 느낄 때 감정 인지하기
2. 상대방에게 차분히 입장을 설명하기
3. 화내지 않고 논리적으로 대화하려는 태도를 유지하기
4. 대화의 결과에 지나치게 집착하지 않기
5. 내 의견과 달라도 화내지 않고 상대방 의견도 인정해 주기

이성적으로 할 말은 꼭 해야 하는 성격은 나 자신을 지키는 가장 강력한 도구이다. 행복을 위해 선택한 삶의 방식이다. 화를 억누르는 것이 아니라, 감정을 존중하고 소통으로 문제를 해결한다.

논리적으로 생각해 내 마음을 표현하려 노력한다. 그렇게 하면 응어리가 풀리고 좋은 관계를 유지할 수 있다. 친구, 지인들과 이렇게 얘기하면서 거리감이 줄어들었다. 만약 감정을 쌓아두기만 했다면, 나 역시 점점 차가운 사람이 되었을지도 모른다.

'참으라'는 말 대신 서로의 이야기를 들어주는 사이가 된다면 얼마나 좋을까? 어렸을 땐 속마음을 드러내는 게 어려워서 표현을 잘하지 못했다. 그런데 다음에 또 그런 일이 생기면 더 말하기 어려웠다. 지나간 마

음을 말하는 게 소심해 보였고, 상대가 어떻게 받아들일지 걱정됐다. 그 랬더니 마음의 거리가 점점 멀어졌다. 화병이 생겼다면, 지금이라도 마음을 잘 표현해서 나쁜 일은 풀고, 좋은 일은 고맙다고 표현하는 노력이 필요하다. 누군가 한 말이 기억이 난다. '마음속에 쌓아두기만 하면 감옥이 되고 나누면 다리가 된다.' 마음이 닫히기 전에 미리 표현하면 화병은 달아난다. "나는 이렇게 생각하는 데 넌 어때?" 조금만 용기를 내어 마음을 전한다.

6

평범한 나는 어떻게
멘사 회원이 됐을까

윤영진

도전은 단순한 시험을 넘어선다.

지금까지 몰랐던 자기 능력을 깨울 수 있는 절호의 기회다.

_윤영진

초등학교 시절, 2년에 한 번씩 학교에서 IQ 검사를 했다. 나는 똑똑하다는 말도 곧잘 들었고 성적도 상위권이었다. 2학년 때 처음으로 했던 IQ 검사에서 136이 나왔다. 일반적으로 IQ 검사는 표준편차 15 또는 24를 사용한다. 당시 검사의 표준편차는 기억나지 않는다. 15일 때의 IQ 130과 24일 때의 IQ 148은 거의 같다. 4학년 때는 108 정도였는데, 귀찮아서 찍었던 것 같기도 하다. 차이가 너무 커서 당시의 IQ를 신뢰하지 않았다.

보드게임을 하다가 '멘사 셀렉트 보드게임'을 알게 됐다. 한참 빠져있던 2015년 당시에도, 멘사가 뭔지 몰랐다. TV 예능 프로그램인 〈더 지니어스〉를 애청했는데, 출연자 중에도 멘사 회원이 있었다. 멘사가 무엇인지 궁금해졌고, 보드게임을 좋아하는 사람 중에도 멘사 회원이 많다는 사실을 알게 되었다. 그때부터 멘사라는 단체에 관심이 생겼다.

멘사는 표준화된 지능 검사에서 인구의 상위 2% 안에 드는 지적 능력을 갖춘 사람이 가입하는 '고지능 단체'이다. 100명 중의 2명이기 때문에 우리 주변에도 흔히 볼 수 있는 사람들이다. 가입 절차가 조금 번거로워서, 많은 고지능자가 가입하지 않았을 수 있다. 대한민국의 인구가 약 5천만 명인 것을 고려한다면 국내에 상위 2%의 고지능자는 100만 명이 넘을 것이다. 하지만, 멘사 회원은 전 세계에 약 15만 명 정도뿐이고 국내 회원 수는 약 2,500명, 국내 누적 합격자 수도 1만여 명밖에 되지 않는다.

'궁금하면 직접 해보면 되는 것이니까'라는 마음으로 멘사 회원이 되는 방법을 찾아봤다. 1년에 네 번 정도 실시하는 입회 테스트에 합격 후 등록하면 된다. 바로 입회 테스트에 등록했다. 비용 4만 원을 내고 시험을 기다렸다. 그런데 2024년 7월부터 8만 8천 원으로 인상되었다고 한다. 대전에서 열리는 테스트는 1년에 1회 정도라서, 놓치면 1년을 기다려야 한다. 시험은 대전역 회의실에서 치렀다. 검사지 문제를 풀고 답안을 OMR카드에 입력한 후 제출하면 끝이다. 며칠 후 결과가 나왔다. 불합격. 상위 3%. 한 문제 차이로 떨어진 건가? 잠도 안 왔다. 다시 시험을 보려면 1년을 기다려야 한다. 그래도 1년 후에 다시 시험 보리라 마음먹었다. 아! 3회 탈락하면 더는 응시할 수 없다.

1년 후 다시 시험 볼 준비를 했다. 멘사의 내부 통계에 따르면 입회 테스트 탈락자가 재응시해서 합격할 확률은 거의 0%. 그렇다고 해서 포기할 수는 없었다. 1년간 〈더 지니어스〉도 열심히 보고 퀴즈 프로그램도 자주 봤다. '스도쿠'나 칠교와 같은 퍼즐 놀이도 전보다 많이 했다. 그리고 1년 후, 다시 시험을 봤다. 이번에는 상위 2%로 합격. IQ 148로 기록되었다. 하지만 합격자의 IQ 범위는 148 이상 155 이하. 그러니 나는 155에 더 가깝지 않을까, 스스로 생각해 보았다.

멘사 회원이 되었다고 해서 특별한 혜택이 주어지는 것은 아니다. 다만, 멘사 코리아는 계절마다 큰 행사를 연다. 봄 소풍, 여름 모꼬지, 가을 운동회, 그리고 연말 파티. 나는 멘사 회원이 된 첫해, 연말 파티에 참석했다. 파티는 '와인 파티' 형식으로 진행되었고, 클래식 음악 연주, 각종 게임, 자선 바자가 함께 열렸다. 자선 바자에서는 다양한 물품이 경매로 판매되었고, 수익금은 소아암 환우 치료에 쓰였다. 나와 아내도 경매에 참여해 여러 물건을 경매로 낙찰받았다. 포도주와 맛있는 음식을 즐기며 새로운 사람들과 어울리는 즐거운 경험이었다.

멘사 회원은 '멘산'이라는 별칭으로 불린다. 일반인에게는 생소한 단어지만, 회원들끼리는 멘사와 멘산을 구분해 사용한다. 하지만 친해지면 그냥 형, 누나, 오빠, 동생이 될 뿐, '멘산'이라는 호칭은 처음 만났을 때나 쓰인다. 멘사 코리아 단톡방이나 게시판에서 활동하다 보면 TV 출연 기회도 생긴다. 지능이 높은 집단이다 보니, 퀴즈나 추리 프로그램에서 섭외 요청이 자주 들어온다. 나도 한 번쯤 출연해 보고 싶었지만, 아직 그런 기회는 오지 않았다.

멘사는 상위 2%의 고지능자 모임이다. 쉽게 말해, 나를 포함하여 50명 중 1명이 해당한다는 뜻이다. 당신의 지인은 몇 명인가? 50명은 훌쩍 넘을 것이다. 그런데 그중에서 천재를 발견하지 못했을 수도 있다. 어쩌면, 그 사람이 바로 당신일지도 모른다. 하지만 IQ가 상위 2% 이내인지 아닌지는 중요하지 않다. 중요한 것은, 인생에서 한 번쯤 도전해 보는 경험이다. 천재란 단순히 지능이 높은 사람이 아니라, 목표를 세우고 끝까지 해내는 사람이 아닐까? 나 역시 내 능력을 모른 채 평범하게 살아왔다. 하지만 멘사 도전은 내 삶을 변화시키는 계기가 되었다. 당신도 더 멋진 삶을 꿈꾸지 않는가? 도전은 단순한 시험이 아니다. 지금이야말로, 당신도 몰랐던 능력을 깨울 절호의 기회다.

7

육아 20년,
인생은 효율성이 아닌가 보다

전승희

즐겁고 치열하게 나의 여정을 이어간다.

응원과 위로가 되는 이 말을 새기면서 말이다.

"오늘도 당신은 충분히 잘하고 있습니다."

_전승희

익숙한 알람 소리가 들렸다. 이불 속에 더 있고 싶지만 당장 몸을 일으켜야 한다. 출근과 아이 등원 준비를 지금 하지 않으면 오늘 하루가 어찌 흘러갈지 모른다. 아이는 오히려 나보다 잘 일어난다. 어린이집에 가지 않겠다고 떼쓴 적이 한 번도 없다. 워킹맘 자녀의 유전자를 타고났나 보다.

6세 이상 아이들은 대부분 유치원에 다닌다. 남들 다 보내는 유치원에 보내고 싶었다. 그런데 셔틀버스는 대부분 8시가 훨씬 넘어서 오더라.

아이 손잡고 유치원 버스 기다렸다가 태워 보내는 것은 꿈도 꾸지 못할 일이었다.

남은 선택지는 아파트 관리사무소에 있는 어린이집뿐이었다. 가장 가까웠지만, 오전 9시에서 오후 6까지만 운영했다. 회사까지 출근하려면 집에서 7시 20분에 출발, 귀가하면 빨라야 7시 30분이었다. 어린이집 운영시간 전후로 아침, 저녁 각각 1시간 30분이라는 시간을 해결해야 했다. 그 시간 동안 아이 봐주실 분을 알아봤다. 하루에 두 차례씩 어중간한 시간 동안 아이 봐줄 사람을 찾는 것은 불가능했다.

우여곡절 끝에 어린이집 한곳을 더 다니는 것으로 방향이 잡혔다. 아침과 저녁 1시간 30분 동안 또 다른 어린이집에 다니는 것이었다. 이렇게까지 해야 하나 고민스러웠지만, 아이를 맡길 곳이 없으니 어쩔 수 없었다. 그럼에도 감사한 일은, 아이가 두 군데 어린이집 다니는 것을 거부하지 않았던 것. 다른 하나는 양쪽 어린이집을 아이 혼자서 이동할 수 없으니, 어린이집 선생님이 출퇴근할 때 다른 어린이집까지 데려다준다는 것이었다. 기막힌 상황이었지만 한편으론 다행스러웠다. 어린이집 알아보는 동안 갈등도 많았다. 회사 근처로 이사해야 하나? 정말 퇴사를 결정해야 하나? 고작 두세 시간 때문에 10년 넘게 쌓은 경력을 포기할 수는 없었다.

일을 놓지 않으려고 고군분투했던 시기는 2000년대 후반이었다. 그때도 저출산 대책 논의가 있었다. 어느 날, 지원금 지급에 관한 기사를 읽었다. 속으로 소리쳤다. '그거 나한테 물어보지. 그런 건 그렇게 중요하지 않다고요. 현실적으로 진짜 필요한 건 출퇴근 시간 걱정 없이 보낼 수 있는 아침 7시부터 저녁 10시까지 운영하는 국공립 어린이집이에요!' 아이 키우는 모습을 옆에서 지켜보시던 시고모님이 얘기했다. '어이구 아이 하나 키우는데 아주 난리 속에 사는구나. 둘째는 생각하지도 못하겠네.' 전쟁을 치르듯이 하루하루가 지나갔다.

둘째가 태어난 건 첫째 아이가 초등학교 3학년 때이다. 초 1, 2학년 때는 하교 시간도 빠르고 엄마가 챙겨 줘야 할 것이 천지다. 그러다가 3학년쯤부터 엄마 손이 덜 간다. 이쯤부터 시간이 많아지니 전업주부였던 친구들이 하나, 둘씩 새로운 일을 찾았다. 주변 모두가 조금씩 여유가 생기는 시기에 우리 집에선 둘째가 세상에 나왔다.

마흔이 넘은 나이에 육아를 처음부터 다시 시작했다. 친구들은 큰애 10년 키워놓고 이제 둘째로 다시 시작하니 육아 20년을 한다고 놀렸다. 바쁘게 살다 보니 매사 효율성을 따지며 사는 것이 몸에 뱄는데 인생은 효율성이 아닌가 보다. 첫째 아이 유치원에 한이 맺혔던 나는 둘째는 꼭 유치원에 보내고 싶었다. 둘째 아이가 유치원에 다닐 무렵 오전 시간이 여유로운 일을 했다. 매일 아이 손을 잡고 유치원 셔틀버스를 기다렸다가 태워 보냈다. 내게는 꿈과 같았던 호사였다. 단지를 빠져나가는 셔틀버스를 향해 매일 기쁘게 손 흔들어 주었다.

첫째와 둘째 아이 터울이 10년 가까이 되니, 사회 여러 면에서 변화가 느껴졌다. 먼저 출산 관련 복지가 좋아졌다. 나는 첫째 아이 출산 휴가를 3개월 쓸 수 있는 것만으로도 행운이라 생각했다. 눈치 보지 않고 출산 휴가를 당당하게 쓸 수 있는 분위기가 조성되지 않은 회사들도 많았기 때문이다. 육아휴직은 곧 퇴사이거나, 말도 꺼내지 못하고 스스로 포기하는 경우가 태반이었다.

며칠 전 눈에 띄는 신문 기사를 봤다. '등교 시켜주는 아침 돌봄'(2025년 2월 19일 한국경제신문)이었다. 출근과 등교 준비가 맞물리는 7~9시에 '아침 돌봄 키움 센터'에서 돌봄 교사가 아이를 맡아주고 학교까지 동행해 주는 서비스였다. 무릎을 쳤다. 우리 첫째 어릴 때 정말 필요했는데, 15년 지난 후에라도 생겼으니 반가운 마음이 들었다. 출근 시간을 조정하기 힘든 맞벌이 가정에는 정말 필요하다.

육아 10년 차에서, 다시 1년 차로 돌아갔다. 20년 넘게 육아와 일을 병행하는 워킹맘으로 살면서 많은 갈등과 선택의 순간을 마주했다. 삶은 도전과 배움의 연속이었다. 일과 가정 사이에서 외줄 타는 일상이 반복됐다. 균형을 잡을 수 없을 때 '지금 잘하고 있는 걸까?' 나에게 질문했다. 고민 속에서 단단해졌고, 성장했다. 값진 시간이었다. 앞으로도 내 자리에서 즐겁게 때론 치열하게 엄마로, 여성으로, 사회인으로 여정을 이어가려 한다. 큰 응원과 위로가 되는 이 말을 새기면서 말이다.

"오늘도 당신은 충분히 잘하고 있습니다."

8

이름 좀 불러주세요

김위아

나에게 내 이름을 불러 줄 때, 인생은 원하는 대로 흘러간다.

_김위아

"닉네임 히히하하 고객님~ 자몽 허니 블랙티와 생크림 카스텔라 나왔습니다."

"나 집에 갈끄야 고객님~ 따뜻한 아메리카노 벤티 사이즈 한 잔 드릴게요."

스타벅스에 가면 재미난 풍경을 만난다. 음료를 줄 때 고객의 별명을 부른다. 기발한 이름에 킥킥대고, 다음엔 또 어떤 이름이 나올까 기대하느라 기다림이 지루하지 않다. 닉네임 부르기는 관계를 단단히 엮고, 매장 내에서의 즐거운 순간을 선물한다. 같은 음료를 마셔도 차별화된 경험을 준다. 고객도 번호표 숫자보다 자기가 직접 지은 별명을 친근하게 느낀다.

사람은 평생 하나의 이름으로만 살진 않는다. 소소하게는 스타벅스 닉네임부터 가족, 직장, 각종 커뮤니티까지. 만나는 사람과 장소에 따라 다른 이름으로 살아간다. 나는 어릴 때의 경험 때문인지, 이름 불러주는 것에 큰 의미를 둔다.

"지혜 엄마!"

딸 셋의 둘째로 자랐다. 친척과 이웃은 엄마를 부를 때 언니 이름을 넣었다. 한 번쯤은 내 이름을 넣어줄 법도 한데 그런 일은 없었다. 여동생이 태어나니 그마저 불렸던 이름이 쏙~ 들어갔다. 언니는 어려서부터 똑똑하기로 소문이 자자했다. 내가 초등학교 입학했을 때부터 선생님들은 입 맞춘 듯이 말했다. "지혜 동생이구나!" 넌 이름이 뭐냐고 물어주기를 바랐지만, 그런 일은 드물었다.

열 살 무렵이었다. "엄마는 언니 엄마야? 내 엄마는 아니야? 왜 다들 지혜 엄마라고만 해?" 눈물이 그렁그렁하고 콧물은 내려오고 울음 삼키느라 목구멍이 뻐근했다. 안 그래도 친척들이 나는 다리 밑에서 주워 왔다고 했다. 어떤 이는 아빠가 밖에서 데리고 온 딸이라고 했다. 언니와 여동생은 엄마랑 닮았고 혈액형도 둘 다 A형이다. 나는 아빠랑만 닮았고, 혈액형도 O형이다. 어린 마음에 농담으로 한 말을 진짜로 믿었다.

그때부터였을까. 이름이 불리지 않는 건, 존재를 인정받지 못 하는 거라고 여겼다. 상대방은 그런 뜻이 아니었겠지만…. 같은 설움을 학생에게 주고 싶지 않아서 선생님이 새로 오면 일주일 동안 이름을 외게 한다. 얼굴과 이름을 충분히 인지할 때 수업을 맡긴다. '이름 부르며 인사하기'가 학원 0순위 매뉴얼이다. 우리 학원은 너를 위하고 아낀다는 걸 모든 학생이 느끼도록 한다.

상담할 때도 '이름'을 주제로 말문을 열곤 한다. "이름 예쁘다~ 누가 지어주셨어? 한자로는 무슨 뜻인 줄 아니?" 아이들과 만나는 시간을 점수로만 채우고 싶지 않았다. 학생은 이름에도 관심 가져주는 원장에게 마음을 열었다. 스무 해 넘게 선생님과 학생에게 영어 닉네임과 개성에 맞는 별명을 지어주었다. 그러다 작가가 되면서, 나도 나에게 제2의 이름을 선물했다.

세렌디피티 *serendipity*. 우연한 발견, 행운을 뜻한다. 행운은 다양한 모습으로 다가오는데 나에겐 이름이 그랬다. 첫 책 쓸 때부터 필명을 원했지만, 떠오르는 이름이 없었다. 부르기 쉽고 뜻이 좋으며 흔하지 않아야 했다. 반평생은, 작가라는 정체성을 보태어 내가 지은 이름으로 살아가고 싶었다. 머리를 쥐어짜서 지으려 할수록, 좋은 이름이 다가오지 않았다. 시간을 두고 찾기로 했다.

두 번째 학원 경영서 『잘되는 학원 다 이유가 있다』를 출간할 무렵이었다. 『맹자』를 한문으로 필사하다가 '爲我위아'를 만났다. 두 한자어는 영어의 'I'와 'do'만큼이나 사용 빈도수가 높다. 전에도 여러 번 봤을 텐데 그날따라 눈에 들어왔고 한참이나 바라봤다. 한자어 자체는 쉬운데, 두 글자를 합친 이름은 흔치 않았다. 받침이 없어 발음이 부드러웠고 의미도 내 사명과 맞닿았다. 한자어 爲위와 我아의 뜻을 더 정확히 알고 싶어서 국어사전에서 찾아봤다.

위爲

1. 위하다.
2. 이롭게 하거나 돕다.
3. 물건이나 사람을 소중하게 여기다.
4. 어떤 목적을 이루려고 하다.

아我

1. 나
2. 우리

내 이름의 뜻은 '우리를 위한다'이다. 위하다 '위', 우리 '아'의 뜻을 가져왔다. 영어로도 'We are'다. 한문, 영어, 한글 모두에 내가 좋아하는 단어 '우리'가 있다. 학생을 소중히 여기고 위하자. 26년 전, 창업 1년 차부터 학원 경영의 철학이었다. 김위아金爲我, 21년도에 만난 이름이지만, 오래전부터 예정되어 있었으리라.

'이름'은 남이 불러 줄 때만 가치 있는 줄 알았다. 지금은 내 이름을 직접 불러주는 것에도 의미를 둔다. 화가가 자화상을 그리며 자신을 탐구하는 것처럼, 이름을 마주하며 나를 보살피고 탐색한다. 내가 주인공이 되는 삶, 그 시작은 내 이름을 가까이하는 것이다. 본명이든 별명이든 모든 이름은 철자 이상의 가치를 지닌다. 이름의 의미대로 살아가기도 하며, 정체성, 행동과 사고방식은 물론, 사회관계에도 영향을 끼친다. 수많은 사람과 사건이 내 인생을 뒤흔들지라도, 내 이름을 잊지 않으면 인생은 원하는 대로 흘러간다.

2장

가족에게
별표 그리기

1

부부 모터사이클
다이어리

최문희

부부는 모터사이클과 헬멧처럼 뗄 수 없는 세트이다.

_최문희

모터사이클 타는 것은 상상 속에도 존재하지 않았다. '50대 중년 여자가 오토바이를 탄다고?'라는 사회적 편견보다는 '추돌사고가 나면 즉사한다.'라는 사실이 더 두려웠다. 〈신계숙의 맛터사이클 다이어리〉를 보면서 대리만족했다.

어느 날, 남편이 '위암' 진단을 받았다. 나에게 사형선고 같았고, 당사자에게는 더했을 것이다. 건강검진으로 초기에 발견했고, 전이가 예상되어 위 70%를 절제했다. 수술 후 초기에는 집 앞 8차선 차로를 한 번에 건너지 못했다. 두세 번에 나눠 걸었다. 1분 걷고, 3분 쉬고, 5분 연속으로 걷지 못했다. 신호등을 한 번에 건넜을 때의 환희는 마치 아기가 처음 뒤집기를 하고 두 발로 서는 순간처럼 감동적이었다. 그렇게 그는 몸을 서서히 움직이기 시작했다.

조금씩 몸이 회복될 무렵, 그가 "모터사이클 타고 싶어!"라고 했고, 나는 "자다가 봉창 두들기는 소리?"라고 했다. 청천벽력 같은 소리였지만, 한편으로는 하고 싶은 게 생긴 그에게 고마웠다. "나에게 함께 타자는 말만 하지 않는다면! 무엇이든 고고고!" 그렇게 두 바퀴와의 인연이 시작되었다. 그는 모터사이클만 타고 돌아오면 얼굴에 생기가 돌고, 사는 것 같다고 말했다. 근엄한 얼굴에 웃음기가 돌았다. 때론 그 즐거워하는 모습에 질투가 났다. 단체 또는 싱글 투어를 떠날 때면 혹시나 하는 마음에 집에서 위치 확인 앱으로 그의 루트를 따라갔다. 허락했지만 늘 염려되었다.

도저히 안 되겠다. 어차피 다른 장소에서 걱정할 바에야 같이 타자. 탠덤(뒷자리에 탑승)을 했다. 우리는 양평, 가평, 설악, 춘천, 동해, 삼척, 포항 등으로 달렸다. 자연이 선사하는 감동, 속도가 주는 쾌감, 커브가 주는 코너링의 매력에 바로 빠져들었다. 만일 자동차를 탔다면 유리창을 통해 단절된 경험만을 했을 것이다. 모터사이클의 매력은 차원이 달랐다.

모터사이클은 수동조작, 스쿠터는 자동조작 이륜차이다. 처음에는 두 바퀴의 메커니즘을 이해하기 위해 스쿠터를 탔다. 넘어져도 모터사이클보다 가볍고 높은 속도를 낼 수 없고 스로틀만 당겼다 풀었다 하면 달릴 수 있기 때문이었다. 125CC 베스파 스쿠터와 사랑에 빠져버렸다. 기동성도 만족스럽고 핸들링도 좋고 무엇보다 이탈리안 레드가 매력적이었다. 아쉬운 점은 낮은 배기량이었다. 처음에는 최고 속도가 80km/h 이상 나오지 않아 좋았다. 하지만 남편과 모터사이클 여행 다닐 때면 속도 차이로 같이 다니기 힘들었다. 자동차로 비유하자면 내 스쿠터는 경차, 남편 바이크는 스포츠카 같았다.

수동 모터사이클을 타게 된 결정적 사건이 있다. 알프스 투어에 참가했다. 참가한 15명 중 나만 탠덤을 신청했다. 스위스, 독일, 체코, 이탈리아, 오스트리아에 걸쳐있는 웅장한 알프스를 다녔다. 함께 다녔던 구성원은 영화의 첫 장면에 나올 법한 풍경을 볼 때마다 감격했다. 나도 가슴이 벅차오르는 감정을 느꼈지만, 울음이 터지지는 않았다. 곰곰이 생각해 보니, 그들은 직접 운전하며 자연을 온몸으로 느꼈지만, 나는 그저 뒷자리에서 편하게 구경했을 뿐이었다. 쉽게 말하면 유럽의 골목골목을 다니며 현지를 느끼는 자유여행과 '이리 오세요~, 저리 오세요~' 하는 깃발을 쫓아가는 패키지여행 차이다. 문득 인생처럼 스로틀의 주인공이 되어 보자고 결심했다.

제2종 소형면허를 취득했다. 드디어 고배기량의 모터사이클의 주인공이 되었다. '금사폭빠' 금방 사랑에 폭 빠져버렸다. 출근 전, 매일 라이딩을 나갔다. 한 달에 1,000km 이상 달렸다. 직장인이 평일 아침과 주말만 주행한 것을 고려하면 많이 달린 것이라고 했다. 분명 초보인데 초보가 아니었다. 휴가를 내고 전국 동쪽 지역만 도는 반국 일주도 두 번 했다. 이제 삶의 방향이 점점 확연히 잡혀간다. 모터사이클과 남편과 잘 노는 것이 목표다.

모터사이클을 타면서 느낀 것이 있다. 처음 탈 때 무서워 주저하면 균형을 잃고 넘어진다. 일단 할 수 있다는 믿음을 가지고 순간 속도를 올리고 달려야 안전하게 주행할 수 있다. 마치 우리의 삶처럼. 버나드 쇼가 남긴 말처럼 '우물쭈물하다가 내 이럴 줄 알았지!' 후회하지 않기 위해, 그냥 인생 핸들을 당기길.

식구는 밥을 함께 먹는 사람이다. 남편과 함께하는 모터사이클 덕분에 피를 나누지는 않았지만, 밥을 나눠 먹는 식구가 생겼다. 우리 모임의 이름은 '강동 가늘고 길게' 클럽인데 앞 글자의 알파벳을 조합하여 'GAGG'다. 평균연령은 70세 언저리이다. 그들을 만나는 날이면 행복하다. 주옥같은 말을 많이 듣는다. 하나도 흘려버릴 이야기가 없다. 그들의 주된 메시지는 '재미있게 살아라. 하고 싶은 일 다 하고 살아라.'이다.

내 삶의 철학이 더 단단해지는 시간이다. 부부가 행복하게 살려면 취미를 공유할 것! 강력 추천이다.

인생의 속도는 10대에는 10km/h, 50대는 50km/h, 80대는 80km/h로 가속도가 붙는다. 내 인생 속도도 점점 빨라지고 있다. 남편의 속도는 더 빠르다. 우리는 오랫동안 정반대의 삶을 지나왔다. 서로에게 축복인 대박 로또일 수도, 또는 맞을 확률이 0%에 가까운 로또 부부일 수도 있다. 다행히 서로 맞지 않는 부분은 부딪치고 깨지면서 맞출 수 있고 삶의 속도만큼 시간의 소중함도 알았다. 어느덧 우리는 서로에게 모터사이클과 헬멧 같은 존재가 되었다.

2

누굴
닮았겠어요?

이효원

> 엄마에게서 나의 30년 뒤 모습을 본다.
> 안주하지 않고 도전하는 것, 그것이 내가 찾은 나의 길이다.
>
> _이효원

초등학생 시절 방학 때면 엄마는 뒤가 뚱그런 텔레비전 코드를 뽑아서 집안 곳곳에 숨겨두고 출근했다. 식탁 위 투박하고 두꺼운 검은색 노트에는 엄마의 퇴근 전까지 끝내야 하는 숙제가 쭉– 적혀있었다. 신문 사설 요약하기, 영어 동화책 외우기, 한자 20개 외우기, 세계지도 나라 위치 외우기 등등…. 엄마가 정말 계모인 줄 알았다. 언니와 둘이 앉아서 "엄마가 만날 우리 다리 밑에서 주워 왔다고 말하잖아, 진짜로 계모가 아닐까?" 진지하게 얘기하곤 했다.

호랑이 같은 엄마에게 혼날 게 무서워서 언니와 놀이터에서 놀다가도 마음이 불편해 급하게 집으로 돌아왔다. 퇴근 시간이 다가오면 긴장된 마음으로 텅 빈 세계지도에 기억을 더듬으며 이름을 채우고, 부랴부랴 한자를 외웠다. 그래도 우리 자매는 크게 불평할 수 없었다. 엄마도 함께 외웠기 때문이었다. 세계지도, 영어 동화책, 『성문 종합영어』 문법책, 한자, 엄마는 모든 것을 우리보다 먼저, 더 많이 공부했다. 일하면서도 공부를 놓지 않는 엄마를 보며, 우리도 군말 없이 따라갔다. 퇴근 후 엄마표 시험지에 답을 적어 내려가던 시간은 어느새 엄마와 함께하는 데이트 시간이 되었다.

전라남도 아래 작은 동네에서 유학, 대형 학원, 영어 유치원 같은 조기 교육 없이 엄마표 조기교육으로 성장했다. 초등학교를 졸업하니 거짓말처럼 모든 게 멈췄다. 고등학교를 졸업하는 순간까지 엄마는 단 한 번도 공부하라는 잔소리를 한 적이 없었다. 중학교 반 배치 고사에서 1등을 해 입학생 대표 선서를 하고 들어간 순간. 한자 학원에 다닌 지 1년 만에 전국 입상으로 2급까지 따며 신문 아래에 깨알같이 이름이 적혔던 순간. 고등학교 입학식 날 장학금을 받고 3등으로 입학했던 순간 등 결과와 상관없이 공부 그 자체를 즐길 수 있었던 그때의 나는 어릴 적 엄마의 하드 트레이닝의 산물이었다.

대학교 졸업 후 평범한 직장인이 되었다. 워라밸이 보장된 직업이었다. 매일 오후 6시가 되면 칼같이 퇴근했다. 그럼에도 어딘가 마음 한구석이 텅 빈 느낌이었다. 왜 채워지지 않는 걸까? 바쁘게 살던 대학 시절과 달리 여유 시간이 남아서 그런가 싶어 퇴근 후 요가도 배워보고, 기타도 배우고, 피아노도 배우며 바쁘게 시간을 채워갔다. 낯선 이방인이 된 느낌. 내 자리가 어딘가 다른 곳에 있는 것 같았다. 도보로 한 시간 거리의 퇴근길을 매일 같이 걸었다.

그 시기 나에게 공무원 시험을 권유하던 엄마. 애초에 합격 자체가 쉽지 않은 시험이지만, 만약 신이 나에게 하루아침에 공무원 합격증을 안겨준다 해도 나는 못 한다고 얘기했다. 그 순간 나를 혼란스럽게 하던 감정의 이유를 알았다. 안정적인 곳에 머물러 있는 건 내가 원하는 인생이 아니었다. 노력한 만큼 따라오는 보상과 성과가 주는 희열을 아직은 더 맛보고 싶었다. 이미 정해진 공동의 목표를 주어진 오더대로 처리하는 회사 생활에 매력을 찾지 못했다.

그렇다면 나는 어떤 인생을 살고 싶었을까? 빈 종이에 아무 말이나 써내려갔다. 결론은 하나였다. 계속 공부하는 사람. 공부가 선택이 아니라 필수가 되는 직업을 갖고 싶었다. 또한 안정감보다는 내가 잘하면 잘하는 대로, 못 하면 못 하는 대로 결과가 달라지고 성과가 나오는 직업이면 좋을 것 같았다. 떠오르는 건 하나였다. '수학 강사.' 학창 시절 수학은 성적이 가장 잘 나오는 과목이자 제일 좋아하는 과목이었다. 친구들은 나에게 수학 문제를 자주 물었고 내 설명이 최고로 이해가 잘 된다고 얘기해 주었다. 자연스레 학창 시절 내내 내 꿈은 수학을 가르치는 사람이었다. 대학 시절 수학 학원에서 일하면서 인생의 중요한 시기를 지나는 학생들과 함께 치열하게 일하고 공부했던 내 모습이 계속 마음에서 떠나지 않았다. 잠시 현실과 타협해 다른 직업으로 일했지만, 마음만은 계속 학원 칠판 앞에서 아이들과 지식을 나누던 그때의 내 모습을 쫓고 있었다.

마음이 굳어진 이상 지체할 이유가 없었다. 다니던 회사를 그만두고, 바로 학원 강사에 도전했다. 회사 생활을 할 때와는 생체 리듬이 달라졌다. 출근이 늦어졌고, 퇴근도 늦었다. 자연히 친구들을 보는 횟수가 줄고, 쉬는 날에도 계속 공부를 해야 했다. 몇 년 쉬었던 게 바로 티가 나는 직업이었다. 나를 믿고 찾아오는 학생들에게 피해가 되는 건 무엇보다 싫어서 어딜 가던 태블릿을 들고 다니며 수학 문제를 풀었다. 누군가는 그런 내 모습을 보고 사서 고생한다며, 그렇게까지 힘들게 사는 게 이해가 가질 않는다고 했다.

나는 왜 매번 힘든 길을 선택할까? 그 답을 엄마에게서 찾을 수 있었다. 엄마는 우리가 초등학생이 되자 방통대에 입학하며 다시 공부를 시작했다. 어린이집 선생님이 된 이후에도 매년 한자 자격증 시험에 응시한다고 한자 책을 끼고 살았다. 재작년에는 갑자기 공인중개사 시험을 준비하겠다고 선언했다. 아직 일을 하고 있는데, 퇴근 후 공인중개사 시험을 준비하겠다고? 왜 또 힘든 선택을 하는 걸까? 문득 엄마의 모습을 보니 내가 왜 매번 새로운 도전을 하는지 그 이유를 알았다. 내가 누굴 닮았겠는가? 나는 엄마 딸이었다. 이제는 안다. 나도 엄마처럼 살아가리라는 것을.

1년을 공부하고 본 첫 시험. 엄마는 민법 한 문제 차이로 떨어졌다. 1년을 다시 준비해야 했다. 가족 카톡 방에 성적표를 올리며 한 문제 때문에 1년을 다시 해야 한다며, "그럼에도 힘낼게요. 아자!" 하면서 강의 1년 더 연장해달라고 말하던 엄마. 1년 뒤인 작년 10월 엄마는 넉넉한 점수로 1차 합격을 했다. 2차 합격까지 다시 1년을 더 공부해야 하는 소감이 어떤지 물었다. "일단 기분은 멍해요. 또 1년 그렇게 살 생각을 하니 그래도 행복합니다." 새로운 분야를 알아가는 것에 대해 설렌다는 엄마가 멋있었다. 엄마가 내 엄마라서 좋았다. 내가 엄마를 닮았다는 것이 좋았다.

엄마에게서 나의 30년 뒤 모습을 본다. 새로운 과목, 새로운 분야를 알아가는 것. 안주하지 않고 도전하는 것. 그것이 내가 찾은 나의 길이다. 항상 일정 수준 이상으로 공부해야 하는 직업, 강사는 나의 천직이다. 평생을 월급쟁이로 살 것 같았던 내가 교습소를 운영하고 보니 이 또한 나의 천직이다. 학원은 나 자신이 가장 신나게 뛰어놀 수 있는 곳. 그곳에서 오늘도 공부하며 행복하게 살아간다.

3

엄마 키우는
딸

심다현

> 부모가 육아한다고 하지만, 아이도 부모를 키운다.
>
> _심다현

세상에서 제일 잘한 일이 귀여운 딸, 문정이를 낳은 것이다. 태어나기 전부터 행복을 주었고, 지금까지 한 번도 안 예쁜 적이 없던 존재이다. 모든 부모가 다들 그러겠지만 처음에는 더 예뻐서 어쩔 줄 몰랐다. 박사 논문 쓸 때 유산을 두 번 하고 만난 딸이라 더욱 그랬다. 결국 박사 논문은 포기한 채 새 생명을 만나고 함께 있는 것에 집중했다.

결혼해서 서울에 살다가 청약을 잘못해서 멀리 파주까지 가서 몇 년을 살았다. 그 지역에는 아는 사람이 없어서 외롭고 힘든 시기였다. 그러다 블로그를 하게 되고 점차 다양한 서포터즈 활동을 했다. 문정이 어릴 적 예쁜 모습들을 사진 찍어서 블로그에 올리곤 했는데 예쁘다고 호응해 주는 글에 더욱 힘이 나고 재밌어서 열심히 했다. 아이가 깨어 있는 시간에는 육아하고 잠들면 밤새 블로그를 하며 지냈다. 어린 자녀를 키우는 엄마들을 만나면, 어린 시절이 금방 지나가서 아쉬우니 영상을 남겨놓으라고 이야기한다. 지금은 아이의 사생활을 존중해서 어릴 때 글은 다 비공개로 해놓았다. 가끔 나만 보면서 추억한다. 예쁘고 사랑스러웠던 그때를 생각하면 아직도 행복했던 느낌에 다시 젖어 든다.

문정이에게도 남들 다 오는 무서운 중2병이 왔었다. 중2병이라는 게 참 신기하다. 호르몬의 변화로 아이들도 자신의 감정을 잘 다스리지 못하는 시기라서 어느 정도는 이해하려고 해보았다. 하지만 워낙에 바른 생활 아이여서, 갑자기 변해 버린 태도가 너무 충격이었다. 실망, 두려움, 걱정 등 여러 감정이 한꺼번에 몰려왔다. 딸의 변화에 울기도 많이 울었다. 지금은 다행히 격동의 사춘기는 지나가고 있는 듯하다.

딸이 중학교 3학년 때 예고를 준비했다. 미술 학원이 문 여는 시간은 9시인데 1시간 일찍 가서 그림을 그렸다. 나는 매일 도시락 두 개씩 싸서 데려다주고 데리고 오고 했다. 문정이는 13시간씩 매일 미술 학원에서 그림을 그렸고, 나는 퇴근해서 매일 몇십 자루의 연필을 깎았다. 1년 동안 열심히 준비했는데 예고 입시에서 떨어졌다. 아이도 나도 예상하지 못해서 당혹스러웠다. 다시 마음을 다잡고 일반고 원서를 썼다. 얼마

전 크리스마스에 아이가 크리스마스 선물이라면서 전기방석이랑 편지를 줬다.

"엄마, 2023년을 지나 2024년까지도 다 지나갔어. 우리 둘 다 연속적으로 힘든 일이 많았지만, 나름대로 잘 버텨낸 것 같아서 대단하다고 생각해. 2024년에는 내가 갑작스럽게 미술 입시를 하게 되고, 나도 입시가 처음이었지만 엄마도 갑자기 딸을 미술이라는 새로운 영역에 도전시키느라 고생했을 거 같아. 돌이켜보면 올해는 내가 엄마에게 짐만 된 것 같아서 미안해.

엄마도 학원일, 집안일하면서 나랑 할머니까지 챙겨야 하니까 힘들었던 때가 이만저만이 아니었을 텐데 내가 엄마한테 매달리기만 하지 않았나 싶은 생각이 뒤늦게 들더라. 올해는 엄마한테 더 잘하려는 딸이 되려고 노력할게. 엄마한테는 하고 싶은 말이 너무 많은데 이렇게 편지를 쓰려고 하니 어디서부터 어떻게 무슨 말부터 할지 잘 모르겠다. 이렇게 글로 써 내려갈 수 없을 만큼 엄마는 나에게 많은 감정을 느끼게 해주는 사람이야.

내가 매일 같이 화내고 짜증 내도 엄마는 언제나 나한테 가장 소중한 사람이었다는 걸 알아. 연말이 되니 코끝이 시려지고 이젠 손끝 하나하나 얼어가는 계절이 왔잖아? 물론 학원 안이 따뜻하긴 하겠지만 혹시라도 추울 때가 있거나, 배 아플 때 엄마가 앉아 있는 의자가 따뜻했으면 하는 바람에 고민해서 선물로 전기방석을 골랐어. 별로 쓸모없더라도 그냥 학원에 있다가 내 생각나면 켜고 따뜻하게 앉아 있으라고…. 너무 사랑하고 존경하는 우리 엄마 앞으로는 좋은 일들만 가득하고 걱정 없이 행복만 했으면 좋겠다."

매월 400만 원 정도의 미술 학원비에, 도시락에, 연필 깎느라 디스크까지 다시 온 엄마가 안타까웠던 모양이다. 전기방석은 학원이 더워서 사용하진 않지만, 볼 때마다 문정이의 마음이 느껴져 피곤이 녹아내린다.

아이는 내가 더 좋은 사람이 되게끔 하는 원동력이다. 내 아이에게 부끄럽지 않은 사람이 되어야겠다고 항상 다짐하면서 무슨 일이든 결정하게 된다. 부모가 육아한다고 하지만, 아이도 부모를 키우고 있다. 어느 정도 아이가 자란 후에는 서로에게 긍정적인 영향을 주는 인생의 파트너로 부모도 같이 배우고 성장한다.

4

논리는
개나 줘버려

신나영

부부관계에서 논리는 논리로 대응할 필요가 없다.

남편의 유식에 무식으로 대응하기 시작했다.

_신나영

이 글은 논리로 대화하는 남편에게 논리로 답하려다 말문이 막혀, 말 못한 나의 감정을 풀어내는 과정이다. 논리에 반박하지 못했던 답답함이 쌓여있었다. 그때의 어렸던 내가 남편에게 맞서지 못해 참기만 했던 분노가 사라지지 않았다. 그래서 지금이라도 이 분노를 해방해 주려 한다.

남편과 나는 동갑이다. 결혼 전 나는 동갑인 남자가 어리게 느껴져서 별로라고 생각했다. 남편은 동갑인 여성은 나이가 많아 싫다고 했단다. 우리는 그렇게 별로라고 생각하는 동갑끼리 결혼했다. 우리는 부모님의 소개로 만났다. 우리 아빠는 금방을 하시고 시어머니는 아빠 가게의 단

골손님이셨다. 우리 가게는 아들, 딸 신상정보를 주며 주선을 부탁하는 부모가 많다 보니 결혼정보업체라 해도 될 만큼 미혼 남녀의 리스트가 있었고, 아빠와 엄마가 중매쟁이 역할을 하셨다. 결혼이 성사되면 우리 가게에서 결혼 예물을 하는 것이니 부모님에게도 이득이 되는 일이었다.

 우리 가게에 오셨던 어머니가 "우리 아들 나이가 31살인데 중매 좀 해봐요." 하셨다. 나이 꽉 찬 딸내미가 있는 아빠는 나이가 동갑인 게 낫다고 생각하셨는지 "우리 딸이 있는데 서로 소개해 볼까요?" 말씀하셨단다. 우리는 동갑을 싫어했지만 아이러니하게도 동갑끼리 만났다. 인연이라는 건 참 웃기다. 난 무뚝뚝한 경상도 남자와는 절대 결혼을 안 하겠다 했고, 한 번씩 아빠가 사람을 소개해 주면 싫다고 했는데 남편과 만나보라 하니 알았다고 했으니 말이다.

 남편을 만날 때는 커피숍에서 만나고 싶지 않았다. 종로역에서 만나 맥도날드에 가서 커피를 한 잔씩 마시고 남산 한옥 마을을 가자고 했다. 야외에서 사람을 관찰하고 싶었다. 남산 한옥 마을에 갔더니 남편이 전공한 건축학과의 묘미를 한껏 뽐내는 것이었다. 건물마다 건축양식 이야기를 해주는 게 아닌가? 배우는 것을 좋아하는 나! 게다가 지적인 남자를 좋아하지 않을 여자가 어디 있으랴? 한옥 마을 여기저기를 다 둘러보고 저녁을 먹으러 갔다. 둘 다 고향이 경남 거창이라 친구들 이야기가 나오면서 내 친구가 남편 친구이고 남편 친구가 내 친구인 경우가 있었다. 이야기의 교집합이 생기기 시작했다. 공통 관심사가 생기니 이야기가 편히 진행되었고 마음의 경계가 무너지면서 마음도 조금씩 열리기 시작했다.

둘 다 싫지 않았기에 다시 약속을 잡고 만났는데 남편이 대뜸 많은 사람을 만나보란다. 두 번째 만나는 사람한테 이게 할 소리인가? 속으로 '뭐 하는 작자야?'하는 마음이 들었다. 예의 없다고 생각했다. 그런데 너무 솔직한 남편이 말했다. "제가 '듀오'에 가입했는데 다음 주에 처음으로 사람을 만나거든요." '헉, 이 사람 도대체 뭐지? 굳이 이런 이야길 왜?' 기분이 썩 좋지는 않았지만 잘 만나보라고 했다. 다음번에 만났을 때 이야기하길 "와~ 사진이랑 실물이랑 너무 달라요! 그래서 실망했어요. 자칫 잘못하다가는 나영 씨까지 놓칠 것 같아 그만해야겠어요." 그렇게 남편은 듀오를 정리했다. 나도 '선우'의 회원이었기에 결혼정보업체를 정리하고 진지하게 만나보기로 했다.

2005년 11월에 만나 2006년 4월에 우린 결혼했다. 처음에는 시댁의 문화가 이해되지 않는 부분이 꽤 있었다. 그러한 불만을 이야기하면 남편은 아무 말이 없었다. 다른 대화에서는 상당히 논리적인 남편이 시댁 이야기에서는 꿀 먹은 벙어리다. 그때 나의 불만을 들어주지 않고 무시

한 채 넘어가는 남편의 행동은 지금까지 가슴에 상처로 남아있다. 남편이 적어도 내 편은 아니더라도 아내의 이야기를 들어주고 마음을 살펴야 하지 않나? 시댁에 대한 감정을 이야기하면 아니라고 한다. 내가 느낀다는데 왜 내 감정을 깡그리 무시하지? 이때 무시당한 감정은 평생을 따라다녔고 나를 힘들게 했다. 내 마음이 남편에게 이해받지 못했기에 나 또한 이해해 주고 싶지 않다. 아니 그러고 싶어도 마음이 생기지 않는다. 마음이 완전히 풀어지는 날 나도 남편을 이해해 주겠지?

결혼 초 갈등 상황에서 남편은 '사람은 상대적이야. 당신이 그러기 때문에 나도 그러는 거야'라고 했다. 인간 사이가 상대적이라는 말은 맞다. 하지만 가족끼리는 예외라고 생각했다. 남편에게 나는 가족이 아니라는 말처럼 들렸다. 그때부터 상처가 되어 꽂힌 그 말은 남편과 싸울 때 가끔 등장한다. 남편이 불만을 이야기하면 이렇게 말한다. "자기가 그래서 나도 그래. 사람은 상대적이야. 내가 하는 말과 행동은 다 당신이 했던 거야."

남편은 상당히 논리적이다. 싸울 때마다 논리적으로 대답하란다. 마음을 살피기보다 이성을 더 앞세우니 나는 더 감정적으로 된다. 대화하면 숨이 막힐 지경에 이를 때가 한두 번이 아니다. '부부의 대화가 어떻게 논리로만 이루어지니? 마음은 안 보여?' 부르짖지만 남편한테는 먹히지 않고 튕겨 나온다.

　논리와 무식이 싸우면 누가 이길까? 19년째 싸우면서 내린 결론은 부부관계에서 논리는 논리로 대응할 필요가 없다. 언젠가부터 남편의 유식에 무식으로 대응하기 시작했다. 남편이 내 말에 논리적으로 또박또박 말하는 순간 남편에게 대답한다. "왈왈왈, 논리는 개나 줘버려~"

　싸우면서 우리 부부는 닮아가고 있다. 서로 부족한 점이 보완되기도 하고 좋은 점을 닮기도 나쁜 점을 닮기도 한다. 서로에게 선한 영향을 끼치는 존재로만 살아갈 수 있다면 얼마나 좋을까? 하지만 우리는 불완전한 존재라 선한 영향만 끼칠 수 없다. 악한 영향을 받으면 거기에 대응하는 방법을 연구하고 나 또한 어퍼컷을 날리고 맷집도 키워가며 살아가야 단단하게 살아갈 수 있지 않을까? 내 속에 선악이 공존하기에 어떨 땐 천사를 부르고, 어떨 땐 악마를 불러낼 것이다. 그들과 더불어 잘 살아야 카타르시스도 느끼며 즐겁고 재미있게 살 수 있을 것 같다.

　남성과 여성은 참으로 다르다. 오죽하면 『화성에서 온 남자 금성에서 온 여자』 책이 있을까. 집안의 다름과 성별의 차이를 인정해야만 편해질 수 있다. 살아온 환경이 다른 남녀가 만나서 새로운 하나의 세상으로 통합해야 한다. 그런 과정에서 서로 얼마나 상처 주고 상처받고를 반복할까? 살면서 잘 조율하고 잘 싸우고 잘 화해하는 방법을 터득해 나간다. 이 과정 없이는 더 나은 남편과 아내가 될 수 없다. 비 온 뒤에 땅이 굳는 다고 치열하게 싸운 부부가 더 치열하게 사랑하며 살아갈 수 있다고 생 각한다. 혹시나 나의 감정이 괜찮지 않은데 괜찮은 척하며 살아가고 있 는가? 괜찮지 않음을 인정하고 서로에게 이야기해 보자. 이해하는 방법 이 달라서 못 해줬음을 안다면 좀 더 현명하게 관계를 맺어갈 수 있다.

5

큰딸 사랑해 주기
프로젝트

박지영

> 사랑과 공감으로 빚어낸 시간은 놓친 시기를 보상해 준다.
> 일하고 사느라 바쁘지만, 그 속에서 가장 중요한 아이와의 관계도 잊지 말기를.
>
> _박지영

내 삶은 첫딸, 태경이와의 만남으로 완전히 달라졌다. 기쁨과 설렘으로 가득 찬 출산 전의 시간은 곧 서툰 초보 엄마로의 현실로 이어졌다. 나는 사촌 언니, 오빠들의 육아를 지켜본 적도 없었다. 그나마 다행이었던 건, 신랑이 5남매 막내라 조카들을 많이 돌봐준 경험이 있었다는 것이다. 아이 씻기기부터가 도전이었다. 신랑이 아이 씻기는 방법을 알려주었다. 육아에만 전념할 수 있으면 좋으련만 기반을 잡아야 해서 출산 후 6개월 만에 취업했다. 일하면서 아이를 키운다는 것은 나에게 벅찬 도전이었다. 엄마라는 역할에 대해 준비되지 않은 내 모습은 생초보의 어설픔으로 가득했다.

72 　　　　　당신과 나의 하루, 에세이로 피어나다

주중에는 일하고 주말에는 우리 부부가 아이를 돌보는 방식으로 자연스럽게 주 양육자가 친정엄마가 되었다. 엄마는 정이 넘쳐서 손녀도 따뜻한 사랑으로 돌봐주셨다. 바쁜 날에는 아이를 데려다주고 가신 적도 많았다. 친정엄마에게 감사하면서도 죄송했다. 다행히 아이는 유순한 성향이라서 잘 울지도 않고 놀기도 잘해서 엄마 친구분들도 큰딸을 예뻐했다. 주중에는 영어 교사로 시간과 에너지를 온전히 쏟아부어 수업을 준비하고 일에 몰두했다. 처음에는 사랑으로 돌봐주는 친정엄마 덕분에 마음 놓고 일했지만, 시간이 지나면서 아이와 나 사이에 거리감이 조금씩 느껴졌다.

주말에는 외할머니를 떠나 낯선 엄마에게 오려니 아이는 얼마나 힘들고 어리둥절했을까. 외할머니를 엄마라고 여기는 것 같아서 볼 때마다 마음 한구석이 아려왔다. '엄마가 아니라 이모가 되어버린 걸까?' 어느 주말에 태경이를 데려오는데 차 안에서 너무 울어 되돌아가는 일도 있었다. 초등 고학년이 되어서도 태경이가 외할머니와 헤어질 때 펑펑 울어서 맘이 아팠다. 내 서열은 친정엄마 아래였다. 항상 친정엄마가 1순위였다. 자녀가 태어나서 3년은 중요했다. 나와 비슷한 상황의 일하는 엄마들에게 '기반을 다지는 게 조금 늦더라도 태어나서 3년은 꼭 주 양육자는 부모가 되어야 한다.'라고 말해주고 싶다. 그 시간을 메우려면 몇 배의 시간이 든다는 것을 지금은 알지만, 그때는 잘 알지 못했다.

신랑이 포항으로 이직할 기회가 생겨 1년 정도 주말부부로 지냈다. 둘째 주연이가 태어나고 가족이 완전체로 만났다. 친정엄마 육아에서 주양육자가 나로 바뀌었다. 그런데 둘째까지 태어나면서, 큰딸은 엄마를 동생에게 빼앗겼다고 느꼈는지 유난히 질투가 심했다. 그때는 내가 무엇을 잘못했는지 객관적으로 나를 보지 못했다.

어느 날, 신랑이 내가 둘째를 보는 시선이 큰딸을 보는 시선과 너무 다르다고 이야기해 주었다. 큰딸의 분리불안도 5살쯤에 생겼다. 문화센터에 발레를 배우려고 데려갔는데 울고 매달렸다. 그런 일이 몇 번 더 있었다. '무엇이 문제일까?' 생각하고 고민하다 애정결핍이 생긴 것은 아닐까? 무엇을 가르치기보단 딸과의 관계를 회복하는 것이 더 우선이라는 결론에 이르렀다. 나는 아이와의 시간을 늘리기 위해 스케줄을 조정하고, 집에서도 딸과 많이 놀아주며 시간을 보내기 시작했다. 어릴 때부터 책 읽어주기는 계속해 왔던 터라 잠들 때도 꼭 책을 읽어주었다. 음악 들려주기, 주말에 도서관 가기, 어린이 연극 보여주기, 캠핑 가기도 그즈음 시작했다.

주말엔 항상 가족여행을 많이 다녔다. 제주도, 베트남, 보라카이 여행, 여동생 가족과 캠핑 가기, 스키 타기. 딸들이 지금도 말한다. "엄마, 보라카이 석양이 가장 기억에 남아요." 초등학교 들어가서는 성당을 함께 다녀 좋은 말씀을 많이 들었다. 둘째는 손녀 같은 마음으로 애정을 주어 다행히 언니에 대한 질투심이 없어서 큰아이 많이 사랑해 주기 프로젝트는 잘 진행되었다. 그리고 동생에게 언니를 존중하도록 가르쳤다. 자매지간에도 서열이 있음을 인지시키고 언니가 동생을 혼낼 때는 개입하지 않았다. 그러던 어느 날, 둘째가 서운한 표정으로 물었다. "언니가 나를 혼낼 때, 왜 말리지 않으셨어요?" 나는 답했다. "언니가 잘못하면 엄마가 혼낼게." 그 말을 듣고 둘째는 알았다고 했다.

그 이후로 동생과 언니 사이에 다툼이 거의 없었다. 어릴 때부터 높임말 하기 교육을 했더니 말이 순화되어 큰 반항기 없이 잘 지나갔다. 사춘기에 접어든 후에는 친구 관계에 도움이 필요할 때 조언을 구하며 잘 받아들였고 행복한 사춘기를 보냈다.

하지만 무조건 오냐오냐하는 애정을 주는 것은 허용하지 않았다. 아무리 사랑하고 그 시절에 미안한 마음이 있다고 해도 무조건 잘해주는 건 옳지 않다. 잘못하면, 단호하게 훈육했다. 그렇게 딸들과 함께하는 시간은 큰 위로가 되었다. 엄마로서 완벽하지 않아도 중요한 것은 아이와 함께하려는 진심이라는 것을 깨달았다. 딸에게 진짜 '엄마'가 되는 길을 찾아가고 있었다.

그러던 어느 날 큰아이로부터 '엄마가 내 엄마라서 너무 좋아요' 하는 말을 들었다. 눈물이 왈칵 났다. 철부지 엄마가 아이와 함께 성장하며 보낸 시간에 대한 상장 같은 말이었다. 첫아이라 서툴고 일과 육아의 균형을 찾기가 쉽지 않았던 육아기는 나 자신을 돌아보는 계기가 되었다. 딸이 자라면서, 나도 비슷한 속도로 함께했다. 이 여정은 큰딸과의 관계를 다시 회복하는 과정이었다. 동시에 엄마로서 한층 더 성숙해진 시간이었다.

모든 일에는 최고의 타이밍이 있다. 하지만 모든 것을 안다는 것은 신의 영역이다. 지나간 시간에 미안함을 갖기보다 또 한 번 찾아온 새로운 날에 최선을 다해보자. 사랑과 공감으로 빚어낸 시간은 놓친 시기를 보상해준다. 일하고 사느라 바쁘지만, 그 속에서 가장 중요한 아이와의 관계도 잊지 말기를 바란다. 친정엄마 말씀이 떠오른다. "제일 힘들었지만, 너희들 3남매 밥해주고 뒷바라지할 때가 가장 행복했어." 엄마가 말한 그 시간을 내가 살고 있다. '이 순간을 소중하게 보내야지' 다짐한다. 준비 없이 엄마가 되었지만, 아이를 키우는 과정에서 나는 진짜 어른이 되어간다. 아이의 눈을 자주 바라보고 사랑해 주고 공감해주리라.

6

가족 채널,
우리 사랑을 브이로그 하다

윤영진

모두가 행복한 가족을 꿈꾼다.

서로 잘 소통하고, 웃음이 넘치는 가족이 되려면 노력이 필요하다.

가족 유튜브는 화목과 특별한 경험, 그리고 경제적 보람까지 선물해 줬다.

_윤영진

어린 시절 사진이 많지 않다. 집이 넉넉하지도 않았고, 여행을 자주 다니지도 않았다. 결혼 후에는 아이들의 사진과 영상을 많이 찍었다. 백일사진이나 돌사진뿐만 아니라, 평소에도 카메라를 자주 들었다. 하지만 사진을 어떻게 보관하고 분류해야 할지 몰랐다. 모으기만 했을 뿐, 의미 있는 기록으로 남기지 못했다.

처음에는 블로그를 시작했다. 여러 플랫폼이 있었지만 가장 접근하기 쉬운 네이버 블로그를 사용했다. 주제를 아이들 쪽으로 바꿔보자는 마음으로 유튜브도 시작했다. 나는 영상 촬영을 도와주거나 운전하거나 소품을 구매하는 정도가 전부였고 주도적인 기획, 촬영, 편집은 아내가 맡아서 했다. 아내는 스스로 공부하면서 편집했다. 일상 공유도 하고 여행도 다니고 음식도 만들면서 추억거리를 늘려나갔다. 구독자도 조금씩 늘고 재미있었다. 유튜브 채널을 운영한 지 1년쯤 지나면서 활동이 더 적극적으로 변했다. 여행, 모바일 게임, 요리 등 아이들과 함께할 수 있는 주제를 잡아 매주 2회 이상 꾸준히 영상을 올렸다. 아내의 영상 편집 실력은 나날이 늘어갔고 아이들의 말재주와 연기 실력도 좋아졌다.

촬영 주제가 줄어들 무렵 공모전에 참가했다. 유튜브 영상공모전은 많이 열린다. 지자체에서 주최하는 것은 전국의 도와 시군구에서 열리는데 1등을 하면 상금이 100만 원인 곳도 있다. 우리 가족이 사는 곳에서 열리는 공모전에 먼저 참가해 보기로 했다. 이를 계기로 드라이브와 여행을 즐기며 사진과 영상 촬영도 하고 맛있는 음식도 먹었다. 놀고 즐기면서 참여한 첫 공모전은 '2019 대전시 대덕구 영상공모전'이었는데 거기서 학생부 대상을 받았다. 상금도 무려 50만 원! 아이들이 주인공이었기 때문에 용돈도 많이 줬다. 자신감을 얻은 우리 가족은 닥치는 대로 참가했다. 결과는 괜찮았다. '다붓다붓 영상공모전' 입상, 2019 '당진시 SNS 콘텐츠 공모전' 입상, '대전 동구 관광 영상공모전' 입상, '병무청 UCC 공모전' 학생부 입선, '2020 대전시 대덕구 영상공모전' 우수상 등이었다.

삼진제약의 '게보린 광고 공모전'에서는 특별상을 받았다. 사실 우리 가족은 공모전에서 입상하지 못했다. 그런데 작품을 심사하는 과정에서 사장님이 우리 가족이 제출한 영상을 보고 귀엽고 재미있다고 칭찬하면서 특별상을 만들어서 주라고 하셨단다. 그래서 상장과 상금을 받으러 본사로 오라고 했지만, 코로나 시국이라서 우편으로 상을 받았다. 이 자리를 빌려 삼진제약의 사장님께 다시 한번 감사를 드린다.

공모전 외에도 유튜브 제작자가 되기 위한 노력으로 '제1회 교원 키즈 크리에이터 페스티벌'에도 참여했다. 2차까지 합격해서 최종 심사까지 올랐지만 아쉽게 탈락했다. 그래도 지방에서만 살던 우리 가족이 서울 구경도 하고 즐거운 축제에 참여도 하고 아이들이 보고 싶어 했던 유튜버 '마이린'도 직접 만나서 새로운 추억이 하나 더 추가되었다.

구독자가 1,000명을 넘었을 무렵 협찬이 들어오기 시작했다. 아이들 교육을 위한 상품이나 육아용 제품들이 많이 들어왔다. 구독자가 많지 않은 채널이라서, 주로 물건으로 협찬받았지만 2,000명을 넘어서면서 현금으로 광고가 들어오기도 했다. 부수입 파이프라인이 구축된 것이다. 1,000명의 구독자와 4,000시간의 시청 시간을 넘기면 유튜브 채널

자체에서 광고 수익이 들어온다. 수입 역시 아이들의 용돈 통장으로 입금했다. 용돈은 자유롭게 쓰거나 주식계좌에 넣었다.

주식 관련 영상이나 저축 및 소비에 대한 영상도 촬영했는데, KBS 〈생생정보〉에 온 가족이 출연하는 기회를 얻기도 했다. 아이들이 중고등학생이 되면서 더 이상 키즈 크리에이터가 아니었다. 전문 유튜버는 아니었기에 수익이 그리 크지 않았고, 아이들의 관심도 줄어들었다. 하지만 유튜브 채널 운영이 어떤 것인지 제대로 경험했다. 채널을 만들고 활성화하고 광고 수익을 만들고 협찬을 따내는 과정을 몸으로 익힐 기회가 되었다.

유튜브 채널을 만드는 것은 쉽다. 꾸준히 영상을 업로드하고 채널을 성장시키기가 어려울 뿐이다. 채널을 키우려면 노력이 필요하다. 예능감이나 끼가 있어야 한다. 둘 다 없다면 철저한 기획과 편집을 배워야 한다. 시청자가 어떤 영상과 주제를 좋아하는지, 어느 포인트에서 채널을 고정하고 구독하는지 심리도 파악해야 한다. 100만 유튜버는 하루아침에 이루어진 것이 아니다. 본인의 취미생활을 즐겼을 뿐인데 채널이 성장하는 경우는 드물다. 5분짜리 영상을 만들기 위해서 오랜 시간 동안 기획하고 2시간 이상 촬영한 후 10시간 이상 편집한다. 보이지 않는 거대한 노력의 결정체가 시청자의 눈을 사로잡는다.

당신과 나의 하루, 에세이로 피어나다

누군가 가족 유튜브 방송을 하겠다고 하면 권장할 것이다. 하지만 직업적으로 하는 것은 조금 더 진지하게 생각해 볼 문제이다. 고수익의 채널을 기대하는 것도 무리다. 취미로 시작하거나 가볍게 시작해서 꾸준히 했을 때 성공할 수 있다. 인플루언서거나 기획력이 충분하다면 적극적으로 해보는 것도 좋다. 지금도 유튜브는 충분히 시작해 볼 가치가 있다.

모두가 화목하고 따뜻한 가족을 꿈꾼다. 잘 소통하고, 웃음이 넘치는 가족이 되려면 노력이 필요하다. 우리 가족도 마찬가지였다. 꾸준히 함께할 수 있으면서도 재미와 의미를 찾을 수 있을까 고민하던 끝에, 가족 유튜브를 시작했다. 처음엔 취미로 가볍게 시작했다. 하지만 아내와 두 딸과 함께 영상을 기획하고 촬영하고 편집하는 과정을 거치면서 자연스럽게 대화가 많아졌고, 서로를 더 깊이 이해하게 됐다. 구독자 수가 늘고 반응이 좋아지면서 예상치 못한 수익까지 생겼다. 모두가 작은 성공에 기뻐했고, 성취감을 느끼며 함께 성장했다. 일상에서도 새로운 추억을 쌓았고, 신뢰와 애정이 깊어졌다. 가족 유튜브는 우리 가족에게 화목함과 특별한 경험, 그리고 경제적 보람까지 준 소중한 도전이었다.

7

김장 독립
만세

전승희

김치 안에 배어있는 정성과 나눔의 의미를 전엔 몰랐다.

익을수록 깊어지는 김치의 맛처럼, 시간이 지날수록 가족의 사랑이 깊어졌다.

_전승희

김치 대장! 남편의 별명이다. 김치 없이 못 산다. 식사 때마다 먹는 김치의 양이 보통 사람과 비교 불가다. 바로 옆 단지 아파트가 시고모님 집이다. 명절에 고모님 집에 놀러 가면 경상도식 헛제사 밥과 탕국 그리고 맛난 김치를 먹을 수 있었다. 가끔은 신기한 맛이 나는 빨간 안동식혜도 맛보았다. 고모님도 자연스레 조카가 김치 대장이라는 걸 알게 되었다. 김치도 만들어 주고 갈치, 조기 같은 특별한 재료가 들어간 김장김치도 나누어 주었다. 아파트 앞 작은 텃밭에서 뽑아낸 흙 묻은 배추를 씻고 소금에 절여 김장하시는 고모님, 그저 놀라운 분이었다. 시간과 정성이 듬뿍 들어간 고모님표 김치는 늘 너무나 감사했다.

겨울이 다가오는 어느 날, 고모님이 말씀하셨다.

"예서 엄마야, 이번에 김장해 줄까? 어디 한번 배워볼래?"

당시 나는 서울에 있는 직장에 다녔었다. 출퇴근하는데 왕복 3시간 넘게 걸렸다. 마을버스로 가까운 지하철역까지 이동하고 지하철을 타고 한참을 달려서 회사 근처에 도착했다. 그러고도 선릉역과 역삼역 딱 중간에 있는 회사까지 10여 분을 걸었다. BMW^{bus, metro, walk}로 출근한다고 우스갯소리를 하곤 했다. 매일 길에 버리는 시간과 체력 소모가 많았다. 김장하면 소중한 주말 이틀을 통째로 반납해야 했다. 잠시 고민했지만, 이번 기회에 배우고 싶었다. 유능한 상사 같은 고모님이 가르쳐 주는 건 뭔들 배울 만한 가치가 있겠다고 생각했다. 힘들겠지만 설레는 즐거움이 앞섰다.

고모님은 날짜를 맞춰 정하고는 함께 장을 보러 가자고 했다. 김치 담글 생각만 하고 장 보는 것은 생각지도 못했는데, 역시 고모님이다. 쌀쌀한 토요일 오전, 오리역에 있는 대형마트에 도착했다. 김장이 뭔가? 김치 담그는 것도 제대로 본 적이 없는 나는 나름 비장한 마음으로 매장 안으로 들어섰다. 고모님의 지시에 따라 두 개의 카트에 재료를 담기 시작했다. 절임 배추 60kg과 그에 필요한 양념과 부재료들이었다. 양이 엄청났다. 카트 두 대가 넘치도록 장을 봤다. 영수증이 가슴부터 허벅지 아래까지 늘어졌다. 고모님을 댁까지 모셔 드렸다. 내리기 전에 고모님의 2차 지시 사항이 있었다. "재료는 다듬고 씻어서 시원한 베란다에 놓아두고, 배추 상자는 밤새 뒤집어 놓아라. 내일 아침 먹고 친구랑 같이 가마."

집으로 돌아와 절임 배추 여섯 상자, 커다란 무 여덟 개, 홍갓, 쪽파, 미나리, 양파, 마늘, 생강, 굴, 생새우, 새우젓, 멸치젓, 천일염 등을 거실에 죽 펼쳐놓았다. 아, 내일은 어쩌나! 생각이 들었다. 사실 그때까지도 몰랐다. 내일이 오기 전 당장 오늘 밤 기다리고 있는 다듬기와 씻기의 기나긴 과정을. 거의 모든 재료가 흙 묻은 채였다. 흙이 나오지 않고 맑은 물이 나올 때까지 씻는 게 그리 어려울 줄이야! 압도적인 양에 해도 해도 일의 끝이 보이지 않았다. 꽁꽁 묶여 있던 홍갓과 쪽파의 단을 풀고 나니 그 양이 두 배는 되어 보였다. 뭐지? 이게 이렇게 많았단 말인가? 이때쯤인 것 같다 '흑, 김장 괜히 한다고 했나 봐.' 후회가 스쳤다. 12시가 훌쩍 넘어서야 하나둘씩 준비되었다. 깨끗이 씻어 물기 빼어 놓은 무와 채소를 갖가지 용기에 가지런히 담아 베란다에 줄 세워 놓았다. 제대로 한 건지 모르겠다. 일단 다 했다.

일요일이다. 고모님은 친구분과 함께 왔다. 두 분은 각자 앞치마와 고무장갑을 챙겨왔다. 처음 김장하는 조카며느리가 장갑까지 준비 못 할 것을 예상하신 걸까? 품앗이 김장의 기본 준비물일까? 두 분은 등장과 동시에 일사불란하게 움직였다. 고모님은 가장 먼저 찹쌀가루로 풀을 쑤고 식혀놓았다. 친구분은 베란다에서 대기 중인 갖가지 재료들을 확인했다. 나는 시험성적 기다리는 학생처럼 긴장되었다. 잘했다고 합격점을 받았다. 그 뒤로는 두 분이 거의 다 했던 것 같다. 내가 뭘 했는지 기억이 나지 않았다. 다과를 챙겨드리고 두 다리에 모터를 단 것처럼 쉴 틈 없이 심부름하니 절임 배추에 양념소를 넣고 있었다. 고모님은 순식간에 김치 한 통을 채워주며 일부러 양념을 적게 넣었으니 제일 마지막에 먹으라고 했다. 아, 지혜로운 고모님! 우리 집 거실에 김치로 가득 찬 김치통들이 하나둘 늘어났다. 커다란 김치통 여섯 개, 작은 김치통 한 개 분량의 김장이 완성되었다. 김장이라니! 감동적이었다!

이듬해 겨울이 되었다. 올해도 김장해 볼까? 작년에 해봤지만 혼자 하기는 아직 엄두가 나질 않았다. 그러던 중 고모님이 먼저 연락을 주셨다. "한 번 더 김장해 봐야지? 이번에는 너희끼리 장 보고 재료 밑 작업까지 해놓아라. 작년에 해 봤으니, 올해는 나 혼자 가마." 안심되고 감사했다. 역시 고모님이다. 내 마음을 어찌 알고 딱 필요한 부분을 챙겨 주실까. 이번에는 김장을 정복해 보리라. 작년에 고모님과 장을 보고 고이 접어 지갑에 넣어둔 영수증을 꺼냈다. 길고 긴 영수증을 펼쳐놓고 김장에 필요한 재료를 정리했다. 2주에 걸쳐서 장을 보았다.

재료를 다듬고 씻는 일은 여전히 고된 과정이었지만 작년만큼 힘들지는 않았다. 이번에는 고모님이 쓰실 앞치마와 고무장갑도 준비했다. 작년엔 어리바리해서 제대로 보지 못한 김치 양념소 준비하는 과정을 열심히 보고 메모했다. 이것까지 할 줄 알면 다음 해엔 고모님 도움 없이도 할 수 있겠지? 김장의 하이라이트인 김치 양념소를 만들었다. 절임 배추에 양념소를 넣으면서 빈 김치통을 하나둘 채웠다. 여섯 통을 완성하며 두 번째 김장이 끝났다. 역시 김장은 만만치 않았다. 하지만 이전 해보다 수월했다.

다음 해가 왔다. 나에겐 2년 치 영수증과 두 번의 경험이 있다. 우왕좌왕했지만, 고모님 도움 없이 온전히 내 힘으로 해냈다. 그 후로도 10년 넘게 거의 매년 김장을 해왔다. 김장할 때면 가족들은 모두 힘을 모아 함께 한다. 어쩌다 김장을 못 하면 이듬해엔 아이들이 먼저 김장 안 하냐며 챙긴다. 이때마다 생각나는 고모님께 늘 감사하다,

마흔 가까운 나이에 김장을 처음 했다. 고모님이 김장을 가르쳐 주었던 시간은 김치라는 요리 이상의 의미를 담고 있었다. 그 안에는 함께 나누는 정, 세대 간을 연결하는 유대감과 사랑이 스며들어 있었다. 김치 안에 배어있는 정성과 나눔의 의미를 전엔 미처 알지 못했다. 익을수록 깊어지는 김치의 맛처럼, 시간이 지날수록 그 순간들을 통해 느꼈던 가

족의 사랑이 깊어졌다. 이제 김장은 단순한 음식이 아닌 고모님과 함께 나눈 추억과 감사의 상징이다. 고모님, 나의 김장 선생님! 두 해에 걸쳐 시간과 정성으로 소중한 가르침을 주고 성장시켜 주셔서 감사합니다.

   김장 독립! 김장 독립 만세!

8

알콩달콩
이모와 조카 사이

김위아

> 이모의 사랑에 눈물짓고, 조카의 사랑에 미소 짓는다.
> 가족은, 어떤 만병통치약보다 힘이 세다.
>
> _김위아

세상의 많은 이모가 '조카 바보'라는 이름으로 살아간다. 나도 예외는 아니다. 열두 살 때 동생과 헤어져 살다가 동생이 성인이 돼서야 연락이 닿았다. 그래서 동생과 조카 준서에게 애착이 남다르다. 가만가만 생각해 보니, 조카 사랑 DNA는 유전인 듯싶다. 우리 이모도 나 못지않게 조카 바보다.

"이모~ 새해 복 많이 받아. 내일 점심에 갈까?"
어느 해, 설을 앞두고 이모에게 카톡을 보냈다.
"그래~ 기다리고 있어. 먹고 싶은 거 알려 줘."

당신과 나의 하루, 에세이로 피어나다

잡채랑 소고기 미역국이라고 답했다.

"알았다. 둘 다 해줄게. 다른 건 또 없어?"

여든을 바라보는 우리 이모는 뭘 해줄지 그 생각뿐이다. 내가 드리는 용돈은 고스란히 되돌아온다. 이모 집에 가니, 새해 선물이라며 모자 두 개를 나에게 내밀었다. 리본 달린 베이지색 털모자와 단단한 챙이 있는 회색 베레모다. 패션쇼라도 하듯, 도도한 표정을 짓고 모델 워킹 흉내 내며 말했다. 학원 CEO의 카리스마는 온데간데없었다.

"이모~ 어때? 예쁘지? 나 어릴 때도 똑같은 모자 사줬잖아."

옛 이야기하며 배가 당기도록 웃었다. 세월은 흘러도, 추억은 나이 먹지 않았다.

이모와 나는 베스트 커플이었다. 조카 중에서 나를 제일 예뻐해서 어디든 데리고 다녔다. 40년 전에도 레스토랑에서 돈가스를 사줬고, 서울 대공원에 갔고, 인형극을 보여줬다. 6학년 때 우리 집과 이모 집에 먹구름이 몰려왔다. 사모님 소리 듣던 이모는 돈 벌러 미국으로 떠났다. 우리 가족도 아빠 사업 부도로 뿔뿔이 헤어졌다. 이모는 12년 전에야 한국으로 왔다. 고왔던 얼굴엔 주름이 깊었다. 내가 남의 집에 얹혀살며 밥을 굶어서 병에 걸린 거라고 많이도 우셨다. 그동안 못 준 사랑을 밑반찬에 꾹꾹 담는다.

"여기가 네 고향이야. 어려운 일 있으면 언제든 찾아오너라."

이모는 현관 앞에서 잡채, 미역국, 깻잎장아찌, 장조림, 멸치볶음을 건넸다.

"아프면 숨기지 말고, 꼭 말해. 그렇게 할 거지?"

미덥지 않은 듯 재차 물었다. 대문 나서는 순간, 눈앞이 뿌예졌다. 서둘러 차 문을 열고 운전석에 앉았다. 이모가 시야에서 멀어질 때쯤 길가에 차를 댔다. 이모도 내가 떠나는 것을 보고 눈물 훔치고 있겠지. 내가 늘 그랬던 것처럼. 예쁜 모자를 보면 지나치지 못하는 이모. 암 치료로 머리숱이 줄어든 조카가 안쓰러워 목이 메는 우리 이모. 얼굴 마주 보면 애써 활짝 웃고, 돌아서면 심장이 저리는 이모와 조카다.

'새복만이받새요. 이모언재와.'

지금은 중학교 2학년인 준서가 여덟 살 때 보낸 문자다. 키즈폰이 서둘러 맞춤법과 띄어쓰기 엉망이다. 보는 순간, 족제비눈이었던 내 눈은 하트로 바뀌었다. 서둘러 도착했다. 조카는 가장 아끼는 거라며, 포켓몬 카드 한 장을 내밀었다. 그날 밤 동생이 사진 한 장을 보내왔다. 조카의 일기장이었다.

제목: 이모랑 논 날

설날에 이모가 우리 집에 왔다. 그래서 나랑 놀아주었다. 내가 이모한테 포켓몬 준서가 태어난 해에 암 수술을 받았다. 그 녀석이 크는 모습을 오래도록 보고 싶었다.

넘어질 듯 아슬아슬하게 걸어와 안겼을 때

'이이모오오오' 처음 불렀을 때

내 얼굴이라며 마귀할멈 그림을 내밀었을 때

한글을 배워 '사랑해' 쪽지를 건네주었을 때

셀 수 없이 많은 행복한 순간을 선물해 줬다. 준서가 보낸 문자, 물고기 그림, 쪽지 덕분에 치료의 아픔을 견딜 수 있었다. 포켓몬 카드는 수년째 지갑에 넣고 다닌다.

'평생 간직하겠다는 약속 지킬게.'

이모의 사랑에 눈물짓고, 조카의 사랑에 미소 짓는다. 나를 살린 건 이모표 소고기미역국과 조카의 포켓몬 카드다. 가족은, 어떤 만병통치약보다 힘이 세다.

남에겐 잘하면서 가족에겐 소홀한 사람이 있다. 이웃사촌이라는 이름으로 카카오톡으로 매일 소통하고, 정기적으로 만나면서 가족에게 전화하는 건 미루고 있진 않은가? 아플 때, 가족의 사랑을 가장 크게 느꼈다. 평상시엔 서로에게 무덤덤하고 때론 웬수처럼 으르렁대도, 내가 어려움을 겪을 때 조건 없이 나를 걱정해주고 힘을 주는 사람은 가족이다. 가족은 필요할 때만 찾는 사람이 아니다. 돈, 시간, 에너지, 물은 아껴야 하지만, 가족 사랑 앞에서는 절약이란 두 글자는 넣어두기로 했다.

3장

관계에
포스트잇 붙이기

그깟
상이 뭐라고!

최문희

상장보다, 상의 의미를 닮는 삶을 살자.

최문희

국민학교 시절, 남들 흔히 받는 학업상조차 받지 못했다. 상은 딱 하나였다. 6년 정근상! 유일한 상이었다. 졸업식 날, 돌돌 말린 그 상장 하나를 받으며 '이건 누구나 받는 건가 보다' 생각했다. 중학교 시절도 마찬가지였다. 상이 하나도 없었다. 고등학교 때도 별반 다르지 않았다. 상은 인정이다. 인정받을 만한 행동을 해도 아무도 인정해 주는 사람이 없었다. '아직 인정받을 만큼은 아니다.' 말하는 사람도 있지만 어린 내가 생각하기에는 상은 때로는 공정하게 주어지기도, 때로는 엄마 치맛바람이 센 순서로 돌아가기도 했다. 내 앞자리 친구 은하는 공부도 중간 정도였는데, 학교에 기부금을 내는 엄마 덕분에 상을 자주 받았다.

송파에서 학원을 할 때 '아너스 클럽'을 알게 되었다. '연예인! 아너스 클럽 가입!' 같은 뉴스를 자주 접했다. 기부도 명예도 얻는 것이다. 담당 단체에 전화했다. "그 클럽에 가입하려면 얼마를 기부하나요?", "기부액이 1억 이상입니다.", "네?" 나에게 꿈조차 꾸지 말라는 얘기였다. 가입해서 "나 아너스 클럽 회원~" 하고 싶었지만 쉽게 포기했다.

하남 미사 신도시로 학원을 이전했다. 학생 수가 늘어 해마다 기부를 조금씩 더 할 수 있었다. 어느 연말, 복지관에서 연락이 왔다. "하남 아너스 클럽 행사에 오세요." 귀를 의심했다. "정말요?" 속으로는 '아직 1억이 안 되는데……. 지방이라 아너스 클럽도 조건이 완화되나?' 궁금했다. 첫해는 참석하지 않았다. 그때는 왼손이 하는 일은 오른손이 몰랐으면 하는 마음으로 기부했기에 상과 연관 짓는 게 불편했다. 다음 해에 또 참석하라는 제의가 왔을 때는 궁금해서 '아너스 클럽' 행사에 갔다. 화려한 파티는 없었고 'honors' 말 그대로 명예로운 자리였다. 그깟 상이 뭐라고 '최문희' 이름 석 자 쓰여 있는 종이가 좋았다.

다음 해 연말, 아너스 클럽에서는 나의 기부 이야기를 짧은 영상으로 제작했다. TV나 방송에 내 얘기가 나온 적이 없어서 설렜다. 상장 수여 전 메가박스 상영관, 큰 화면에서 나의 이야기를 틀어주었다. '와~' 어찌나 좋던지. 4분 남짓한 길이였다. 스크린 주인공은 푸둥푸둥한 인상 좋은 아줌마였다. 천연덕스럽게 자기 자랑하는 모습이 나쁘지 않았다. '텔레비전에 내가 나왔으면 정말 좋겠네~' 꿈이 이루어졌다. 〈경기일보〉 종이신문 사회면에 '주어진 재능, 사회 환원은 당연'이라는 제목으로 실렸다. 충분히 스스로 대견스러웠다.

나는 왓썹영어학원을 운영한다. 학원 커리큘럼 중 영상 만드는 시간이 있다. 어느 날, 하남시 광고 영상 만들기가 있었다. 요즘 학생들은 미디어에 능통하다. 잘 만든 영상을 SNS에 포스팅했다. 하남 시장님이 영상을 우연히 보고 학생들을 초대하고 싶다고 직접 연락을 해왔다. 초등학교 5학년 6명 정도였다. 나도 아이들도 처음 시장실을 방문하였다. 우리보다 먼저 온 손님이 있었는데, 가수 '탁재훈'이었다. 학생들은 시장과의 대화보다 유명한 연예인을 직접 본 게 좋았다고 했다. 시장은 아이들이 영어를 잘한다며, 하남의 앰배서더를 시키고 싶다고 하셨다. 하남과 자매결연한 미국 도시가 있는데, 주기적으로 학생들이 방문할 때 도움 주거나 역사박물관에서 간단한 영어 해설을 맡기고 싶다고 했다. 가문의 영광뿐 아니라 학원에서 받을 수 있는 최고의 상이라고 생각했다.

상은 근사한 장식물이기도 하다. 가정 안방 또는 거실 벽 위에 걸려있는 'ㅇㅇ상'이 늘 부러웠다. 우리 집 어딘가에 붙일 수 있는, 내 이름이 쓰인 종이라도 한 장 가지고 싶었다. 성인이 되면서 나의 길을 갔다. 기부를 시작했고 누군가 그것을 알아채기 시작하면서 상을 받기 시작했다. 어릴 적 꿈이었던 이름 적힌 상을 받아보니, 전시용인 그것에 왜 그렇게 연연했을까 싶다. 앞으로는 상장과 관계없이, 하고 싶었던 의미 있는 일을 꾸준히 해나가려 한다.

2

변호사
체험기

이효원

> 나를 위해 가장 열심히 싸울 사람은 나였다.
> 공부했고, 집중했다. 그랬더니 길이 보였다.
>
> _이효원

사회 초년생이라기엔 온갖 처세술에 능해지던 스물아홉 살. 약 2년간 모든 열정을 쏟으며 일했던 학원을 그만두는 과정에서 퇴직금 문제로 분쟁이 생겼다. 노동청에서 근로자성을 인정받으며 '이제 퇴직금을 받아볼 수 있는 건가?' 했더니, 돌아온 건 세 개의 민사소송 소장이었다. 퇴근길 집에 돌아왔을 때 현관문에 붙어있던 세 개의 우체국 등기 스티커. 한참을 멍하니 앉아 있었다. '그동안 내가 무얼 잘못했던 걸까?' 살아온 인생을 돌아보게 되는 순간이었다. 그때의 나에게 '소장'이라는 단어는 참으로 무겁게, 그리고 무섭게 다가왔다.

소송에 관해서는 아무것도 아는 바가 없었다. 변호사 상담이라도 받아봐야겠다는 생각에 무작정 인터넷만 뒤졌다. 출근길이 이토록 길게 느껴졌던 적이 있었나. 텅 빈 눈으로 홈페이지를 하나둘씩 눌러보며 10분 거리의 출근길을 빙 돌아 학원에 도착했다. 평소와 같이 학생들과 우당탕탕 수업을 끝마치니 감정이 한 단계 갈무리되어 있었다.

피할 수 없다면 있는 힘껏 마주해보기로 했다. 세 건의 소송에 모두 변호사를 선임해버리면 승소한다고 해도 배보다 배꼽이 커지는 바람에 혼자 진행해 보기로 했다. '지금이 아니면 내가 언제 법원 문턱을 밟아보고, 변론 기일에 나가 혼자 피고석에 앉아보겠는가?' 다이내믹한 인생 공부라 생각했다. 의도하지 않았지만, 새로운 분야를 알아가게 되는 것이니 이왕이면 재미를 붙여보자는 것으로 결론지었다. 소송의 소자도 모르던 나는 『끝까지 간다! 나 홀로 민사소송』이라는 책을 구매하여 처음부터 하나씩 읽어가며 공부했다. 민사와 형사소송이 실제 어떤 차이가 있는지도 잘 모르던 나였다. 소송에 당사자로 참여하면서 변론 기일은 어떻게 진행되는지, 변호사라는 직업은 어떤 역할인지, 직접 부딪히며 몸으로 익혔다.

인간은 적응의 동물이던가. 변론 기일 횟수가 늘어갈 때마다 마음을 짓누르던 추의 무게가 가벼워졌다. 어려서부터 적응력 하나는 최고라고 숱하게 들어왔지만, 민사 법정에 적응하게 될 줄이야…. 법정 앞 복도 화면에 끝없이 채워지는 사건 목록들을 보면서 '판사님 한 분이 오늘 하루에만 이렇게 많은 사건을 돌보고 계시는구나. 정말 바쁘겠다.' 속 편한 생각도 했다. 처음 몇 건의 준비서면에서는 변호사 대서를 의뢰해서 도움을 받았다. 어느 정도 틀을 알게 된 후에는 준비서면을 혼자 작성해 나갔다. 초안을 작성하고 끊임없이 수정하고 또 수정했다. 인생에서 다신 없어야겠지만, 언젠가 또 할 일이 생긴다면 좀 더 현명하게, 더 수월하게 잘할 수 있을 것 같다.

'말 한마디가 천 냥 빚을 갚는다.' 1년 정도의 소송 과정을 혼자 겪으며 뇌리를 떠나지 않던 말이다. 어느 날 '왜 이렇게까지 흘러왔을까?' 근본적인 생각을 한 적이 있다. 대화를 할 수 있던 많은 기회를 보내고, 소송이라는 최악의 수단을 선택하게 된 것에 대해 한때 존경했던 분과 소송의 대척점에서 서로를 마주하고 있자니 참으로 씁쓸했다. '내가 먼저 대화를 시도했더라면, 이런 지경까지는 오지 않았을까?'하는 생각이 들었다. 시간을 되돌릴 순 없기에 답을 알 순 없다. 다만 소송은 양쪽 다 무언가를 잃어야 끝나는 일이고, 그렇기에 최후의 수단으로 선택해야 한다는 것을 확실하게 배웠다.

드라마에서 본 것이 전부였던 '변호사'라는 직업에 대해서도 생각이 많아졌다. 꼭 필요한 직업임은 두말할 필요도 없지만, 소송이 길어지고 양 당사자의 감정의 골이 깊어질수록 변호사의 수입이 높아져 가는 구조가 일반인의 시선에서는 그저 씁쓸했다. '유전무죄 무전유죄'라는 그 옛날 뉴스 헤드라인이 떠오르면서도 혼자 진행해도 괜찮을 만한 사건의 크기라 얼마나 다행인지 모른다고 스스로를 위안했다. 모든 사람이 서로를 이해하고 다투지 않는 유토피아 같은 세상에서는 변호사란 직업이 어떤 역할로 존재하게 되는 걸까 하는 생각에 잠시 빠지기도 했다.

"혹시 로스쿨 준비하세요?" 소송이 마무리되어 갈 즈음 상대편 변호사에게 들었던 말이다. '내가 그동안 나름의 방법으로 잘 버텼나 보다.' 생각했다. 농담 섞인 말이지만 그저 기분 좋은 칭찬으로 받아들이기로 했다.

모든 일이 끝났다. 지난 시간을 회고해 보면, 변호사들의 전달 기술, 침착한 감정 표현, 오가는 준비서면 속 정제된 문장, 특유의 문체 등 돈으로 살 수 없는 귀중한 경험을 얻었다. 그 시기 끊임없이 무너져 내릴 수도 있었고, 일과 생활 모두 놓칠 수 있었다. 소송을 시작하며 혼자 다짐했다. 절대 학원에 피해 주지 않겠다고. 괜히 예민해져 주변에 짜증내지 않겠다고. 실제로 말하지 않으면 아무도 모를 정도로 일과 생활, 소송까지 잘 마무리했다. "상처를 움켜쥐고 있으면 빚이 되지만, 경험으로 삼으면 자산이 된다." 법륜스님의 말씀을 오롯이 피부로 느낀 경험이 었다.

  아무것도 몰랐기에 용감했다. 소송이라는 건 정말 쉽지 않았다. '하늘은 스스로 돕는 자를 돕는다.' 했던가. 덮어두고 신세 한탄만 하는 건 아무 도움이 되지 않았다. 나를 위해 가장 열심히 싸울 사람은 나였다. 공부했고, 집중했다. 그랬더니 길이 보였다. 누구도 겪을 수 있는 일이기에 꼭 전하고 싶다. 별일 아니라고. 그 과정이 순탄하지 않을 것임을 알지만, 우리는 결국 아주 잘 해낼 거라고. 이 또한 다 지나갈 테니 무너지지 말자고.

3

하늘에도 CCTV가
있다잖아요

심다현

누군가 나를 지지해 주는 것 자체가 감사한 일이다.
나에게 힘이 된 사람을 만날 수 있었던 것은 행운이었다.

_심다현

    수학만 잘 가르치면 되는 줄 알았다. 아이들의 반짝이는 눈을 보면 더 많이 알려주고 싶었다. 진심을 담아 노력하다 보면 아이들도 학부모도 알아주리라 생각했다. 착각이었다. 가르치는 게 다가 아니었다. 나는 교사 마인드만을 가지고 학원을 시작한 것이다. 교사와 원장은 많은 차이가 있다는 것을 처음에는 몰랐다. 원장은 학생, 교사, 학부모, 수업, 운영, 홍보, 교재, 커리큘럼 뭐 하나 신경 쓰지 않을 것이 없었다. 자세히 알려주는 사람이 없으니 혼자 어떡하든 알아서 해야 했다. 지푸라기라도 잡는 심정으로 "제가 곧 새로 오픈하려고 하는데 찾아뵙고 궁금한 점 여쭤봐도 될까요?" 겁도 없이 타 센터 원장님들께 전화를 드렸다. 다시 생각해 봐도 그때 무슨 배짱이었나 싶다.

센터 세 곳을 방문했는데, 원장님 모두 친절하게 맞아 주셨다. 절실함이 그분들에게도 전해졌던 것 같다. 무모한 행동이 많은 도움이 되었고, 할 수 있다는 위로가 되었다. 언젠가 나도 이렇게 누군가에게 도움을 줄 수 있는 사람이 되어야겠다고 생각했다. 출근하면 수업하느라 정신이 없었고, 끝나면 수업 이외의 것들을 처리하느라 시간이 모자랐다. 닥치는 대로 학원 경영서도 읽고 홍보에 대한 강의도 듣고 빠르게 배우려고 노력했다. 하지만 배운다고 다 되는 것은 아니었다.

학원 홍보는 시간, 노력, 돈 모든 것이 많이 드는 일이었다. 수업 외 시간에 아파트 게시판 홍보물을 붙이는 것을 시작으로 학교 앞에서도 나누어주고, 학원 근처 아파트 단지마다 우편함에도 넣었다. 버스 광고, 현수막, 학교 앞 어린이보호구역 광고, 블로그, 인스타그램, 맘카페 등 할 수 있는 것은 다 해 보았다. 그렇게 하다 보니 점점 체력은 바닥나고 있었다.

처음에는 학생 수가 몇 명 없으니 그 모든 것을 해나가는 것도 무리가 없었다. 하지만 점점 수업으로 공강이 채워지니 구멍이 생겨났다. 이래서는 안 되겠다 싶었다. 나의 체력은 한계가 있는데 모든 것을 챙기려니 번아웃이 왔다. '이렇게 모든 걸 다 챙길 수는 없구나' 하는 생각이 들었다. 젊을 때는 매일 밤새도록 일해도 괜찮았는데 나는 이미 40대라는 것을 망각했다. 나의 체력의 한계를 인정하고 나서는 홍보보다 가장 중요한 수업과 학생들에게 더 집중하고자 했다.

나는 주변 사람들에게 주는 것을 좋아하는 사람이라 학원을 운영하면서 학생들에게도 아낌없이 퍼주고 있다. 학생들이 배고프다고 하면 마음이 쓰여서 항상 간식들을 챙겨 주었다. 계속 그러다 보니 학생들도 이제 간식 창고에서 스스로 과자를 꺼내서 먹기도 한다. 나는 학생들이 학원 와서 공부하다 배고프지는 않았으면 하는 마음이다. 그런데 이런 마음을 너무 당연하게 여기는 아이들을 만날 때면 당혹스럽다. 물론 누가 알아주길 바라고 그런 건 아니지만 당연히 있을 게 없다는 식의 화난 말투와 무례한 행동은 내가 잘못하고 있는 건가 돌아보게 된다.

새로운 교구들을 보면 우리 학생들이 이 교구로 수업하면 더 좋을 것 같다는 생각이 절로 든다. 그러다 보면 매월 신상 교구들을 들여온다. 학원을 학기제로 운영하다 보니 12주 학기 끝날 때 간식 선물도 챙기고, 졸업과 입학, 어린이날, 크리스마스 등 챙길 날들이 다양해서 매번 어떤 선물을 줄까 고민하며 고르고 있다. 3월 입학하는 예비 초등 친구들 입학 선물로는 학생들 이름을 새긴 각인 샤프를 주고, 학원 마지막 과정을 졸업하는 친구들에게는 책 선물도 함께 주었다. 아이들이 좋아하는 모습을 보니 역시 준비하길 잘했구나 싶었다.

원생이 적어 마이너스인데 이렇게 퍼줄 때가 아니라는 직원들의 말을 들으면 내가 인복은 있는 사람이구나 싶다. 나의 진심과 열정을 이해하고 공감하는 사람들이 있어서 힘을 얻는다. 시작했을 때부터 1년 반 정도 함께 일했던 직원이 있었다. 자기가 사는 아파트 단지에 장이 서면, 거기 김이 맛있다고 사 오셨다. 우리가 수업이 많아서 힘든 날은 당 떨어질 때 선생님이랑 드시라고 하면서 케이크를 내밀었다. 출근하면서 카페 들러서 케이크를 사 온 것이었다. 그 직원이 그만두면서 나에게 준 편지를 보며 며칠을 울었다.

"학원 오픈한 시기에 들어와 함께 일한 지 1년이 지나가네요. 이렇게 오래 다닐 줄은 몰랐는데. 원장님의 열정, 배려와 따스함 때문에 가능했던 것 같아요. 일하는 동안 옆에서 뵌 원장님은 열정이 넘치고, 긍정적이시고 배움에 적극적이시고 아이들을 위해 물심양면 아끼지 않으시고(적당히 필요함) 지금은 엄마들이 잘 모르지만, 하늘에 CCTV가 있다잖아요. 시간과 노력이 쌓여 진심이 통하고 성장하실 거라 믿어요."

'나 이런 거 안 받을래. 이런 것 주지 말고 가지 말아요.'라고 했지만 결국은 집안 사정상 그만두었다. 학원을 그만두고도 지나다가 생각났다면서 연락하던 직원이었는데, 아직도 학원에서 일하다 보면 문득문득 자꾸 생각이 난다.

누군가가 나를 알아봐 주고 지지해 주는 것 자체가 감사한 일이다. 나에게 이런 이야기를 해줄 수 있는 직원을 만날 수 있었던 것은 행운이었다. 학원 운영의 성과가 생각만큼 빨리 나지 않아서 지쳐있을 무렵 큰 힘이 되었다. 현재까지도 문득 나의 결정을 의심하게 될 때면 이 직원의 조언과 믿음을 생각하며 자신을 믿고 앞으로 나아간다.

4

직업,
흐르는 강물처럼!

신나영

> 우리는 하나로 연결되어 있다.
>
> 나와 너를 분리하지 않고 서로를 포기하지 않고,
>
> 자기 일을 묵묵히 해 나간다면 반드시 성장한다.
>
> _신나영

20대 초반, 성공하는 여성이 되고 싶어서 그런 종류의 책을 주로 읽었다. 특히 기억나는 건 조안리가 쓴 『스물셋의 사랑 마흔아홉의 성공』이었다. 지금은 내용이 가물가물하지만, 당시 읽으면서 사랑과 성공을 쟁취한 조안리의 삶이 멋지게 느껴졌다. 성공한 여성의 삶을 동경했고 나 또한 그러한 여성이 되고 싶었다. 고등학교 시절 친구가 목소리 좋다는 소리에 아나운서를 동경하게 되었고, 이벤트 기획하는 일이 재미있고 즐거워 보여 이벤트 기획자도 꿈꿨다. 기자, 라디오 작가 등등 다양한 꿈을 가졌다.

대학 시절 무엇이든 준비해야겠다는 생각에 KBS 문화센터에서 아나운서 과정을 공부했고, 이벤트 기획 공부도 했다. 아르바이트로 인터넷 방송국에서 일도 해보고 지금은 기억도 나지 않는 이름도 모를 신문사에서도 일해 보기도 했다. 하지만 알게 되었다. 하고 싶은 일이 너무 많다는 건 진정으로 하고 싶은 일이 없다는 것임을…. 그래서 어떤 직업을 가져야 할지 고민되었고, 이 일도 해보고 싶고, 저 일도 해보고 싶어 어느 하나를 정확히 정할 수 없었다.

처음 입사한 곳이 국제회의 기획사였다. 지금은 국제회의 기획사 자격증까지 생겼지만, 당시에는 생소한 직업이었고 전문성을 요구하는 일이었기에 열심히 배워서 전문가가 되고 싶었다. 입사해서 처음으로 맡은 일은 '디자인경영포럼'이라는 조찬모임이었다. 디자인과 관련된 국내 회사의 대표나 담당자를 회원으로 등록시켜 매달 한 분의 강사를 초청해 전문가의 강의를 듣는 모임이었다. 모임을 위한 전반적인 일을 기획하고 진행했다. 하지만 교회를 열심히 다니고 있던 터라 항상 늦게까지 일하고 주말도 반납해야 하는 상황이 불만이었다. 교회에 다니는 것은 나에게 아주 중요했다. 지금 생각해 보면 상황에 따라 맞춰 하면 되었을 텐데, 참으로 융통성이 없었다. 하지만 그 모습이 나였다. 국제회의 기획자로 성장해야겠다는 꿈은 물거품이 되고 회사를 나오게 되었다.

이후 직업을 찾을 때는 퇴근 시간이 좀 더 안정된 곳을 원했다. 그러던 어느 날 시각장애인복지관의 직원 채용 공고를 봤다. 아나운서 과정을 공부한 경험을 살려 녹음 담당을 지원했지만, 전자도서 담당으로 채용되었다. 아쉬운 마음이 들었으나 어쨌든 취직이 되어 감사한 마음으로 다녔다. 전자도서 담당임에도 오전에는 신문 사회면을 읽으며 전화 녹음을 할 수 있는 기회도 있었다. 녹음한 신문을 매일 시각장애인들이 들었다.

기획팀 홍보 담당이 퇴사해서 국장님이 홍보 담당을 제안하셨다. 국제회의 기획사에서 일한 경험을 살리면 좋은 기회가 될 것 같다며 제안하신 것이다. 전자도서는 책을 스캔하고 스캔한 도서의 교정·교열을 보는 업무이다. 교정·교열 후 점자 프린터로 출력이 되는데 컴퓨터로만 계속 일을 해야 하는 정적인 업무이다. 하지만 홍보는 동적인 업무가 많은 편이라 나에게도 훨씬 재미있고 즐거울 것 같았다. 매일 시각장애인 뉴스를 검색하고 내용을 작성하고 전화로 '오늘의 뉴스'를 녹음했다. 뉴스만 밋밋하게 녹음할 수 없었다.

나는 삐삐를 가지고 다니던 세대였다. 매달 삐삐 앞에 배경음악을 깔고 멘트를 써서 녹음한 경험을 살렸다. 음악을 깔고 작성한 오프닝 멘트를 읽고 본 뉴스를 읽었다. 멘트를 작성하는 즐거움, 뉴스를 작성하는 과정 모두가 신나고 재미있었다. 시각장애인이셨던 국장님은 그 뉴스를 참 좋아하셨다. 딱딱하던 뉴스가 음악과 함께 따뜻한 감성이 느껴졌기 때문이 아니었을까 싶다. 그러면서 여기저기서 시각장애인들의 목소리가 들리기 시작했다. ○○○ 시각장애인복지관의 오늘의 뉴스가 너무 좋다고…, 담당자가 궁금하다고…. 이럴 때 일하는 보람이 느껴졌다.

복지관에 행사가 있으면 언론사에 홍보를 요청하는 일, 일 년에 네 차례 계간지를 만드는 일, 계간지에 사진을 실어야 했기에 사진사의 역할 등 다양한 업무를 했다. 새로운 업무를 배우는 과정이 즐거웠다. 하지만 어떤 일이든 시간이 지나면 반복된다. 지루함을 잘 이기고 넘겼으면 그 분야의 전문가가 되었을 텐데 난 지루함을 넘기지 못했다. 홍보 업무는 내가 좋아하는 요소는 다 들어 있었지만, 틀에 박힌 일이 싫어서 3년 정도 일하다 그만두었다.

잠시 쉬면서 진로를 어떻게 할지 고민했고 전공이 응용물리학과였는데 교육대학원을 가는 건 어떨까 생각했다. 우리 과는 교직과정이 없어 교사자격증을 취득하려면 대학원을 가야 했다. 아이들 가르치는 것은 어릴 때부터 하고 싶었다. 가르치는 것이 나에게 과연 맞을까 확인해 보고 싶어 학원에서 먼저 일해 보기로 했다. 그때부터 수학 강사의 길을 걷기 시작했다.

가르치는 것은 틀에 박힐 수가 없었다. 끊임없이 공부해야 했기 때문에 가르치는 방법과 실력에도 변화가 있었고 가르침을 받는 아이들도 달라졌다. 그런 과정이 즐겁고 재미있었다. 그전에 했던 국제회의 기획사, 시각장애인복지관의 일보다 훨씬 재미있고 나를 성장시키는 일이었다. 학원 강사가 즐거워 교육대학원 가는 것은 그만두고 수학 강사가 되었다. 결혼해서 첫아이를 낳기 전까지 수학 강사로 살았다.

아이들을 어느 정도 키운 지금은 논술 교사가 되어 아이들을 가르치고 있다. 나는 대교 솔루니의 독서 논술 교사이다. 솔루니는 국장, 팀장, 교사로 이루어져 있는데 함께 삼위일체가 되어야 서로 상생할 수 있다. 국장과 팀장은 교사를 돕고 교사는 학생의 성장을 위해 노력한다. 교사 또한 학생, 학부모와 하나 될 때 더 잘 굴러갈 수 있다.

삶은 마음 먹은 대로 되지 않았다. 하지만 내가 노력한 것이 있으면 반드시 쓰이는 곳이 있었고 실력을 발휘할 순간이 왔다. 내가 지금까지 경험한 직업은 나의 현재를 위해 존재했다. 직업의 첫 출발은 자아실현을 위한 것이었지만 자연스레 타인을 위한 일이기도 하다. 우리는 하나로 연결되어 있다. 나와 너를 분리하지 않고 서로를 포기하지 않고, 자기 일을 묵묵히 해 나아간다면 반드시 성장한다.

5

공부는 기본,
예의는 필수

박지영

인성교육을 바탕으로 공부도 시작된다.
학습은 사람의 좋은 성품과 태도 위에서 성장한다.

_박지영

영어를 가르치며 중요하게 여기는 것은 학생들이 학습 성취감을 얻고, 훌륭한 인성을 갖춘 사회 구성원이 되도록 돕는 것이다. 살짝 오지랖 넓은 내 성격이 반영된 결과일지도 모른다. 특히 '예의'는 학문적 성공뿐만 아니라 인생 전반에 걸쳐 필수적인 자질이기 때문이다.

인성교육은 작은 습관에서 시작된다.
"안녕하세요."
"감사합니다."
"죄송합니다."

세 마디가 자연스럽게 나오는 학생은 학업뿐만 아니라 삶에서도 성장할 준비가 되어있다.

오래전 영어 수업을 처음 들으러 온 초등학생은 말투와 태도가 거칠었다. 자기 또래 여자 학생들에게도 명령조로 말하며 신경질인 반응을 보였다. 나에게도 예의 없는 모습을 종종 보이곤 했다. 몇 번 타일렀지만, 쉽게 고쳐지지 않았다. 학업 태도에서도 무책임함과 집중력 부족이 나타났다. 그 모습을 보며 예의와 학습 태도는 연결되어 있다는 걸 깨달았다. 학생 어머니와 여러 차례 이야기를 나누며 변화되기를 기대했지만 결국 얼마 지나지 않아 수업을 중단했다. 나로서도 어떻게 해볼 도리가 없었다. 이 아이의 태도는 단순히 개인적인 문제가 아니라, 가정에서의 양육 방식과도 밀접한 관련이 있음을 느꼈다. 나는 오은영 박사님의 프로그램을 자주 본다. 그중에서도 가장 공감하는 부분은 '아이에게 변화가 필요하다면 부모부터 변해야 한다'라는 점이다.

수업 첫날, '배움의 자세'에 대해 이야기한다.
1. 수업 들어올 때 인사하기
2. 수업이 끝난 후 자리 정리하고 인사하기
3. 간식을 받을 때 '감사합니다.'라고 말하기
4. 수업 중 다른 학생들 방해하지 않고 자기 것만 신경 쓰기

5. 게임에 져도 인정하기

선생님에게 도움이 되는 학생이 되라고 가르친다. 이런 교육 태도는 두 딸에게도 그대로 적용된다. 어느 주말 저녁 함께 밥을 먹을 때였다.

"태경아, 주연아! 너희 반 학생들 몇 명이야?"

"25명이요."

"선생님 한 분이 아이들 25명을 다 챙기시려면 힘드시니까 너희가 많이 도와드려야 해."

대화를 자주 나눈 덕분인지 둘째 아이가 중학교 3학년 담임선생님께 이런 말을 들었다.

"주연아, 넌 부모님이 정말 잘 키우신 것 같다. 어떻게 이렇게 바르게 자랐지?" 아이는 이렇게 답했다고 한다. "평소엔 다정하시고, 잘못하면 엄하게 혼내세요."

담임선생님에게 감사 인사는 학년이 다 끝나고 문자로 드린다. 학기 중에 하면 우리 아이를 잘 봐달라고 하는 뜻으로 보일까 봐 조심스러워서다.

학습은 좋은 성품과 태도 위에서 성장한다. 영어를 잘 읽고 쓰는 능력도 결국 성실함, 타인을 존중하는 마음, 성장하려는 열정에서 비롯된다.

특히 학생들이 성적을 올리는 데만 급급한 나머지 예절이나 인간관계를 무시한다면 성공은 길게 이어지지 않을 수도 있다.

　요즘 같은 AI 시대에 더욱 필요해진 덕목은 '사람다움'이다. 사람다움은 인성과 사람이 가진 가치에서 비롯된다. 아이들이 엘리베이터에서 어른을 보면 인사하고 감사와 미안함을 자연스럽게 표현하는 사람이 되길 바란다. 우리 학생 한 명 한 명이 멋진 사회 구성원으로 성장하기를 진심으로 응원한다. 배려하는 마음, 감사하는 태도와 따뜻한 시선이 우리 사회를 더 아름답게 만든다.

나의 삶을 굴린 주사위는
보드게임이었다

윤영진

새로운 일을 시작할 때 그 끝을 생각한다. 시작의 설렘만큼 끝의 무게도 중요하다.
끝을 내다보는 사람만이 진짜 좋아하는 일을 오래 할 수 있다.

_윤영진

어린 시절, 부루마블을 비롯해 장기, 체스, 오목, 바둑, Jolly 게임 등
다양한 보드게임을 즐겼다. 부모님이 맞벌이해서 집에는 동생과 단둘
뿐인 시간이 많았다. 세 살 터울인 동생과는 각별한 사이였다. 친구보다
동생과 노는 시간이 더 많았고, 컴퓨터게임도 가끔 했지만 주로 혼자 했
다. 그래서 함께 할 수 있는 보드게임을 더 자주 즐겼다. 간장에 달걀 프
라이를 비벼 먹거나 김치볶음밥을 해 먹고 나면, 설거지 내기를 걸고 장
기를 두었다. 거실과 방 청소 내기로 오목을 두기도 했다. 장기는 내가
더 잘했기에, 공정하게 차나 포를 하나 떼고 승부를 겨뤘다.

결혼 전, 아내가 처제 커플과 더블데이트로 보드게임방에 가자고 한 적이 있다. 십수 년 만에 이런 방식으로 다시 접하게 될 줄은 상상도 못 했다. 오랜만이었지만, 반갑고 익숙했다. 그때 함께 한 게임은 '트랜스 아메리카'였다. 누가 이겼는지는 기억이 흐릿하지만, 아내가 승부욕이 강한 편이라 아마도 이겼을 가능성이 크다. 결혼 후 아내가 파트너가 되었다. '루미큐브'와 'Cash-Flow'를 종종 했다. 실력이 엇비슷했기 때문에, 서로 봐주지 않고도 제대로 겨룰 수 있었다. 다만, 필사적으로 임했음에도 패배했을 때 얼굴색이 변하거나 눈꼬리가 올라가기는 했다. 아이가 태어난 후 창의력과 사고력을 키워준다는 핑계로 아동용과 내가 갖고 싶은 보드게임을 사들이면서 함께 시간을 보냈다. 이때까지는 정말 소소한 취미였다.

　학원을 운영하면 학생들과 여가를 즐기는 경우가 생긴다. 중간고사나 기말고사가 끝나고 과자 파티하거나 체육대회를 한다. 수학 전문 학원이었기 때문에 수학 학원다운 이벤트를 하고 싶었다. 추리력과 사고력, 논리력을 키워준다는 명목과 시험 후 스트레스 해소를 위해 '클루'라는 보드게임을 샀다. 학생들의 반응은 뜨거웠다. 네 명으로 시작한 보드게임 회원이 순식간에 여덟 명으로 늘었고, 더 많은 학생이 함께하고 싶어 했다. 결국 매주 주말에 정기적으로 하기 시작했다. 공용 학습실에는 전용 진열장이 생겼고, 그 숫자도 나날이 늘어갔다.

보드게임의 매력을 경험하고 싶어 성인들과 함께 즐겨보기로 했다. 블로그와 밴드를 통해서 사람들을 모아 동호회를 만들었다. 매주 1회씩, 회당 약 6시간씩 새로운 회원들과 새로운 게임을 즐겼다. 평일 오전에는 학원이 비어서 그 시간과 공간을 이용했다. 진열장의 보드게임 수는 늘어갔고, 새로 가입하는 동호회원도 늘어갔다. 1년 이상 운영하면서 회원도 100명이 넘었고, 정기적으로 대회를 개최했다. 보드게임 회사에서 협찬해 주기도 했고, 할인된 가격으로 구매할 기회도 얻었다. 그것도 부족해서 지도사 과정에 등록해 공부하며 자격증까지 취득했다.

그때 총 세 개의 자격증을 땄고, 지도사 과정은 1년 이상 수강했다. 동호회도 활성화되어 협회를 창립했다. '한국 보드게임연구회'라는 협회를 창설하고 많은 활동을 이어갔다. 동네 주민에게 알려줬고, 아이들의 창의력, 사고력 향상에 도움이 될 수 있도록 수학 프로그램을 연계하기도 했다. 협회에서는 지도사를 양성하는 과정도 만들었다. 매일 새로운 일이 눈덩이처럼 불어나기 시작했다.

보드게임을 직접 제작하고 싶어졌다. 판매용으로 품질 좋은 것을 만들고 싶었다. 보드게임 작가가 되기로 했다. 나와 아내가 운영하는 수학 학원과 같은 층을 쓰는 미술 학원이 있었는데, 선생님도 관심 있어 했다. 내가 줄거리와 구성물, 게임 방법, 설명서 등을 만들고, 미술 학원

당신과 나의 하루, 에세이로 피어나다

선생님이 디자인을 담당하고, 아내가 제작과 홍보, 마케팅을 담당했다. 대부분 작업은 함께 회의하고 의견을 모아 진행했다. 1년간 제작과 테스트 플레이를 하면서 작품이 완성되었다. 이렇게 만들어진 '엘데니아'는 텀블벅을 통해 크라우드 펀딩으로 세상에 알려졌다. 성공적으로 크라우드 펀딩이 이루어져서 '보드게임 페스타'에도 참여하고, 각종 모임에도 알렸다. '2018 보드게임 페스타'에서 꼭 해봐야 할 신작 게임으로 〈게임 조선〉에 실리기도 했다.

　호평만 있는 것은 아니었다. 나름의 유명세로 커뮤니티 사이트에서도 이야깃거리가 되는 작품이었기에 악평도 많았다. 좋은 댓글과 칭찬이 많았지만 몇 안 되는 악성 댓글과 악평에 마음을 다쳤다. 취미로 시작했던 일이 직업에 가까워지기 시작했다. 구성물에 대한 A/S 요청을 직접 처리해야 했고 반품이나 교환 요청에도 일일이 대응해야 했다. 또, 모임에서 규칙 설명하고, 각종 대회에 시상품을 제공하며 참여했다.

　수학 학원 안에 작업 공간을 만들고 보드게임 제작에 몰두하다 보니, 학원 운영이 소홀해졌다. 강의실 중 하나는 창고가 되었고, 교무실 한쪽은 보드게임을 제작하고 수리하는 공간으로 변했다. 예전에는 출근하자마자 업무 계획을 세우고 수업을 준비했지만, 그때는 출근과 동시에 A/S 목록부터 확인했다. 주객이 전도된 상황이었다.

학생들에게 쏟았던 열정이 보드게임으로 옮겨지면서 학원 홍보와 마케팅을 소홀히 하게 되었고, 결국 신입생은 줄고 퇴원생은 늘어났다. 학생 수 감소로 인해 직원도 줄여야 했다. 데스크 직원을 내보내고, 아내가 상담과 데스크 업무를 함께 맡았다. 강사 수도 줄이고 일부 반은 합반했다. 매출이 감소하면서 스트레스는 더욱 커졌다. 흔히 '짜장면집 아들은 짜장면을 좋아하지 않는다'는 말처럼 취미일 때는 즐거웠지만, 일이 되면서 점점 흥미를 잃어갔다.

무슨 일이든 끝을 보는 것은 보람된 일이고 자존감을 높이는 일이다. 아마추어 보드게임 작가라는 타이틀도 얻었고, 작품을 재미있게 하고 있다고 메시지를 주는 분도 많았다. 초판으로 제작한 1,000부가 거의 다 판매되어 예상 밖의 부수입도 생겼다. 본업에 타격이 있었기에 호쾌한 성공이라 할 수는 없지만, 취미로 시작한 일이 좋은 결과를 만들어준 것은 분명하다. 지금은 정신 차리고 본업에 충실하면서 취미로만 하고 있다. 작가라는 타이틀을 보드게임으로 처음 얻었지만, 이제는 종이책으로 작가라는 타이틀을 얻고 싶어서 새로운 일에 도전한다. 이제는 새로운 일을 시작할 때, 그 끝까지 내다본다. 시작의 설렘만큼 끝맺음의 무게도 중요하다는 걸 알게 되었다. 끝을 내다보는 사람만이 진짜 좋아하는 일을 오래 할 수 있다.

당신과 나의 하루, 에세이로 피어나다

7

배려의
향기

전승희

> 임신과 육아, 그리고 노화는 장애의 간접 체험이다. 배려의 향기를 뿜어보자.
>
> _전승희

　며칠 전 우연히 영화 〈여인의 향기〉를 보았다. 눈이 보이지 않는 주인공이 바이올린 선율에 맞춰 아름다운 여인과 탱고를 추는 장면으로 유명하다. 볼 수 없는 주인공의 상황은 이 장면을 무척 인상적으로 만들었다. 오래된 영화이지만 줄거리는 모른 채 같은 장면만 무수히 봐왔다.

　이번에도 영화를 처음부터 끝까지 보지는 못했다. 주인공의 눈빛과 열연이 머릿속에서 떠나지 않고 궁금증이 차올랐다. 무슨 일이 있었던 걸까? Chat GPT에 영화의 줄거리를 물었다. 주인공인 슬레이드Slade 중령은 거친 성격의 퇴역한 장교이다. 군 복무 시에 명성을 날렸지만, 불의의 사고로 시력을 잃고 냉소적인 성격을 갖게 되었다. 삶의 의미를 잃은 중령은 마지막 여행과 죽음을 계획한다. 이 과정에서 고등학생 찰리 Charlie가 이를 모른 채 그와 동행하며 여러 사건을 함께 겪는다. 찰리도 매우 곤란한 사정이 있었고 중요한 순간에 슬레이드 중령의 도움을 받는다.

두 사람은 뉴욕의 고급 호텔에 머문다. 슬레이드 중령은 친척 집도 방문하고, 고급 레스토랑을 갔다가 우연히 멋진 탱고도 출 수 있게 된다. 함께 춤을 추었던 여인은 탱고가 처음이었다. 눈이 보이지 않지만, 상대방을 능숙하게 이끌며 멋진 탱고를 선사한다. 그는 찰리 도움 없이는 할 수 없는 것을 경험한다. 인생의 마지막이라 여기며 만끽한다. 공허한 눈빛으로 압도적인 연기를 보여주는 주인공에 푹 빠져, 보는 내내 마음이 저렸다.

영화를 본 다음 날, 아파트 단지 안을 걷고 있었다. 단지 안 차도에 전동 휠체어를 탄 이웃이 있었다. 그는 나를 향해 손을 들어 소리쳤다. "여기 잠깐 도와주시겠어요?" 어제 본 영화 때문이었을까? 내 몸이 용수철처럼 이웃에게 향했다. 12월 추운 날이었다. 그는 점퍼 지퍼를 미처 올리지 못하고 집을 나섰나 보다. 지퍼를 올려달라고 부탁했다. 지퍼를 올려 주니 모자를 전동 휠체어 뒤에 매달린 가방 안에 넣어 달라고 했다. 부탁한 것을 모두 하는데, 1분도 안 걸렸다. 이웃은 정중하게 인사를 하고 가던 길을 갔다. 어제 본 영화의 여운이 다시 살아났다.

바로 다음 날 집 근처 빵집에서 나오고 있었다. 낯익은 전동 휠체어가 눈앞에 보였다. 이웃이 신호등이 없는 횡단보도를 건너려고 기다리고 있었다. 차가 오는지 살피면서 건너야 하는데 하필 횡단보도 바로 옆에 차 한 대가 정차하고 있었다. '내가 빨리 가서 앞서 건너가야지' 부지런히 발걸음을 재촉했다. 왼쪽을 살피니, 차 한 대가 꽤 빠른 속도로 달려오고 있었다. 그런데 어쩌나! 휠체어가 이미 횡단보도에 느릿느릿 들어섰다. 차는 멈출 생각이 없다. 오히려 속도를 더 올리고 중앙선을 넘어 바람처럼 사라졌다. 이웃은 아무렇지도 않은 듯 잠시 멈추었다가 부지런히 움직여 길을 건넜다.

1990년대 중후반이었다. 대학생 때 캐나다에서 어학연수를 했다. 새로운 환경에서 여러 문화 차이를 느꼈다. 사회 전반적으로 보여주는 장애에 대한 태도가 아직도 기억에 남는다. 여느 날처럼 버스를 타고 학교에 가는데, 멀리 버스 정류장이 보였다. 정류장에 점점 가까워지는데, 휠체어에 탄 사람이 혼자 있었다. 근처 어디에도 동행인이 없었다. 내가 살던 한국 지방 도시 버스에는 아직 에어컨이 없던 시절이었다. 도와줄 동행인도 없이 어떻게 외출했을까 의아했다. 휠체어가 버스에 오를 수 있을지도 궁금했다.

버스가 정류장에 점점 더 가까이 다가왔다. 평소보다 천천히 조심스럽게 멈췄다. 무슨 일이 벌어질까? 버스의 앞문이 열렸다. 문 아래쪽에서 철로 된 꽤 넓은 널빤지 같은 것이 쑥 튀어나오더니 지면 아래로 내려졌다. 휠체어와 버스가 연결되는 새로운 길이 만들어졌다. 널빤지 위로 휠체어가 천천히 올라왔다. 휠체어가 실린 널빤지가 버스 높이만큼 들어 올려졌다. 휠체어가 미끄러지듯 버스 안으로 들어왔다. 와! 탄성이 나왔다.

끝이 아니었다. 버스 기사가 운전석에서 나와 휠체어를 자리 잡아 주고 안전벨트로 단단히 고정했다. 모든 과정이 그리 짧은 시간이 걸린 건 아니었다. 휠체어가 탑승하는 동안 버스 안 승객 모두가 가만히 기다렸다. 운행이 늦어진다고 누구 하나 불평하는 사람도 없었다. 고요한 공기 속에서 느껴진 것은 배려가 아닌, 당연함이었다. 보이지 않는 곳에 장착되어 있다가 필요할 때 등장한 장비에 감탄했다. 하지만, 휠체어가 버스에 오를 때까지 조용히 기다리는 사람들의 태도는 감동을 넘어 존경스러웠다.

빨리빨리 문화가 당연하고 익숙해 있던 나는 적잖이 충격을 받았다. 학교 쓰기 과제에 이 경험을 써서 제출했다. 이 일을 겪은 후에 장애인을 위한 시설들에 유독 눈길이 갔다. 학교, 식당, 은행 등 대부분 건물의 출입문이 휠체어가 쉽게 출입할 수 있도록 설계되어 있었다. 타인의 도움 없이도 홀로 얼마든지 나설 수 있었다.

그날의 장면은 사진처럼 선명하게 찍혀 기억에 남았다. 발전된 기술, 시설의 편리함을 넘어 사람을 배려하고 존중하는 모습은 캐나다의 자연보다 눈부시게 반짝였다. 임신과 육아, 노화의 과정이 장애의 간접 체험이라고 생각한다. 임신 기간엔 마음대로 먹을 수도, 뛸 수도, 잠을 편히 잘 수도 없다. 어느 나이대가 넘어서면 노안이 생긴다. 핸드폰 없이 못 사는 세상에서 화면 보는 것이 불편해진다. 내 몸을 마음대로 쓸 수 없는 상황은 장애와 비슷하다. 대중교통을 이용하면 장애인, 임산부, 영유아 동반자, 65세 노인이 동격이다. 나는 한때 임산부였고 언젠가는 노인이 된다. 오늘 바로, 할 수 있는 작은 배려를 실천한다.

8

우리 동네는
시네마 천국

김위아

> 찾지 않을 뿐, 귀한 것은 가까이에 있다.
> 최고의 마케팅 노하우를 우리 동네에서 만났다.
>
> _김위아

병원, 식당, 카페는 물론 길에서도 이웃이라는 이름의 스승을 만난다. '시네마 천국'은 누군가에겐 영화 제목이지만, 나에겐 다른 의미이다. 시스템, 네트워크, 마케팅의 앞 글자이다. 발길 닿는 곳마다 살아 펄떡이는 경영과 마케팅의 현장을 만난다.

매주 수요일 오후 5시 무렵, 동네에 '가마솥 순대' 트럭이 온다. 갓 쪄낸 순대를 맛볼 생각에 아침부터 기분 날씨 맑음이다. 사장님이 가마솥 뚜껑을 열면 순식간에 안개가 피어올랐고 구수한 냄새가 사방으로 퍼졌다. 도시 한복판에서 어릴 적 재래시장의 향기를 맡았다. 어릴 때 엄마

따라 시장에 갔던 이유도 오로지 순대였다. "엄마, 시장 안 가?" 순대 먹고 싶은 날엔 엄마 치맛자락을 붙들고 시장 가자며 떼를 썼다.

사장님은 포장을 준비하는 동안, 순대 이야기를 들려준다. 김치, 고추, 오징어, 당면, 채소, 찹쌀, 속 재료에 따라 변신은 무죄다. 나에게 어떤 걸 좋아하냐고 물었다.

"굵게 썬 찰순대를 소금에 찍어 먹는 거요."

그 후로, 사장님은 잘 쪄진 찰순대를 건져 숭덩숭덩 손가락 두 마디 정도로 굵게 썰어 접시에 대여섯 점을 올렸다. 기다리는 동안 맛보라는 배려였다. "소금 콕 찍어 드세요." 붉은 양념 소금 한 스푼도 접시 가장자리에 살포시 놓았다. 내가 말한 걸 기억하고 있던 사장님! 길거리에서 요지로 찍어 먹는 뜨끈한 맛보기 순대는 꿀맛이었다.

"선물이에요."

포장을 받고 돌아서려는데 사장님이 명함과 노란 꽃 모양 수세미를 내밀었다.

"춥거나 비 올 땐 전화 주세요. 준비해 놓을게요. 그리고 이건 아내가 만들었어요."

사장님이 아내와 통화하는 걸 들었다. 세상에서 제일 행복한 사람의 표정이 저런 걸까.

"기다리시게 해서 죄송해요. 전화를 안 받으면 사고라도 났을까 봐 걱정되나 봐요."

쑥스러운 듯 미안해하는 얼굴엔 아내를 향한 사랑이 실려 있었다.

사장님의 아내는 하반신 장애를 가지고 있다. 그녀를 안아서 휠체어에 태우는 모습을 봤다. 장사를 시작하기 전에 함께 화장실에 다녀오려는 거였다. 그녀는 가끔 트럭 운전석 옆자리에 앉아 양손을 부지런히 움직이고 있었다. 그땐 뭘 하는지 몰랐는데 수세미를 뜨고 있었나 보다.

자기만의 방식으로 남편을 도운 아내. 손님에게 고운 빛깔의 수세미를 주고 싶었을 아내. 1천 원짜리 수세미가 1천만 원으로 다가왔다. 사장님은 손님의 사소한 취향까지 기억하고, 기다리는 몇 분간에도 맛보기 순대며, 이야기로 마음을 전했다. 최고의 순대를 준비하고, 현장에서 고객과 소통하며, 정성 담긴 선물까지 준 사장님은 마케팅 책 한 권 자체였다.

26년째 학원을 경영한다. 마케팅은 365일 고민거리이다. 초창기에는 학원 관련 세미나와 마케팅 전문 과정에 참여했다. 유명인의 강연에는 편도 5시간 거리도 마다하지 않았다. 비법을 찾아 지역 1등 학원으로 만들고 싶어서 전국을 다니며 시간과 돈을 투자했다. 그런데 등잔 밑이 어

당신과 나의 하루, 에세이로 피어나다

둡다고 했던가. 최고의 마케팅을 우리 동네 순대 한 접시에 얻었다. 사장님과 아내가 '진심' 마케팅을 보여주었다. 고객을 끄는 갖가지 방법이 나오지만, 시간이 지나도 변하지 않을 가치, AI가 대체할 수 없는 가치는 '진심'이라고 온몸으로 보여주었다. 가르치는 건 자신 있지만, 마케팅은 막막하다는 원장이 많다. 우리 동네 발길 닿는 곳부터 관심 있게 바라보라. 거기에 답이 있다.

4장

힘들었던 순간에
형광펜 칠하기

1

의료사고가
나에게도

최문희

부당함을 겪는다면, 맞서라.

나는 힘들지만, 다음 오는 사람은 조금 덜 힘들 것이다.

_최문희

    얼굴에 자신감이 넘쳤다. '모개'와 '쿤타킨테'라는 별명도 따라다녔지만, 이상하리만큼 내 외모가 좋았다. 아빠가 늘 "우리 문희는 미스코리아 될 거다. 미스코리아." 노래를 불렀기에 자존감이 높았다. 누구는 내가 웃을 때 '50대 이효리'라고도 한다. 눈웃음이 닮았다나…. 그녀를 닮고 싶어서 그 말을 믿는다.

    그런 내게 콤플렉스가 있었다. 돌출 입에 뻐드렁니가 심해, 웃을 때는 튀어나온 입이 주책없이 더 나와 보였다. 상대가 불편해하는 것이 느껴졌다. 늘 입을 가리고 웃어야만 하는 슬픈 짐승이었다. 언젠가 치아를

맘껏 드러내며 웃고 싶었다. 교정은 주로 청소년기에 하는 것이지 나이 서른이 넘어서 할 수 있으리라고는 상상 못 했다. 당시에 '연예인 치아 성형'이 유행했다. 3년 동안 교정기를 착용해야 했던 일이 석 달이면 되었다. 치과는 연예인을 앞세워 여기저기 광고를 뿌렸다. 청담동의 한 치과, 눈에 띄게 후기가 좋았다. 칭찬 일색의 댓글이 수십 개씩 달려서, 믿음이 갔다.

병원 로비에는 유명 연예인을 포함하여 포함하여 많은 사람의 가지런한 치아 사진이 즐비했다. 또한, 담당 의사의 몽골 의료 봉사 사진은 내가 기부하는 듯한 선한 동기를 불러일으켰다. 언제나 첫 환자로 진료받았다. 의사는 항상 치료 전에 기도했다. 주님의 축복이 있기를 바란다는 내용이었다. 환자를 대하는 모습에서 따스한 마음이 느껴졌다. '그의 실력으로 내가 환하게 웃게 되길 바랐다. 이를 뽑지 않고 갈아서 뿌리에 의치를 끼우는 '엠프레스 empress'를 했다. 윗니 4개만 성형했어도 괜찮았을 텐데, 팔랑귀의 대명사인 내가 그의 제안에 따라 아랫니, 윗니 4개씩 총 8개를 갈아치웠다. 의사는 치료가 끝나면 종종 전자우편으로 치료법, 관리법 등 여러 정보를 보내왔다. 최상의 서비스였다. 다시는 웃을 때 입 가리지 않아도 되는 '미소 미인'이 된다는 꿈에 부풀었다. 치아는 10년간 관리해 주기로 했다. 첫해 서비스는 만족스러웠다.

2년째 되던 해에 상황이 돌변했다. 치과가 물거품처럼 사라진 것이다. 찾아간 그 자리엔 다른 병원이 있었다. 관리를 계속 받아야 하는데, 날 벼락이 따로 없었다. 새로 생긴 병원 관계자는 이전의 병원을 모른다고 했다. 친절하게 받았던 전자우편으로 편지를 보냈다. 답신은 오지 않았다. 왜 그랬을까? 미리 알려줄 수는 없었을까? 10년 동안 관리받아야 하는 환자를 인계도 없이 사라진 그에게 선한 '기도'는 무엇이었을까? 친절 뒤에 가려진 무책임을 보았다.

치아와 관련된 또 다른 일화가 있다. 엄마는 소개받은 치과에 나를 끌고 갔다. 대치동 병원은 입구부터 유명 대학 졸업장과 외국 대학에서 받은 수료증, 협력 기관의 명패까지 진열되어 의사의 사회적 위치를 알 수 있었다. 난 어금니 치료를, 엄마는 다른 치아 치료를 받았다. 5~6년이 흘렀다. 어느 날인가부터 이를 닦아도 고약한 냄새가 가시지 않았다. 무엇보다 날마다 진통제를 달고 살았다. 어느 해 추석 연휴 첫날 극심한 치통으로 반포에 있는 치과를 찾았다. 의사는 문제의 어금니를 열어보고 경악했다. 솜을 놔둔 채 '크라운crown' 치료를 마감한 것이었다. 마치 배 속에 수술 도구를 두고 봉합하는 의료사고처럼, 입속에서도 끔찍한 일이 벌어지고 있었다. 몇 년 동안 솜은 내 잇몸 속에서 조금씩 곪아가고 있었다. 상상할 수도 없는 일이 저 깊은 곳에서 일어나고 있었다는 게 믿기지 않았다.

이 일을 어찌 처리해야 할지 난감했다. 반포 의사는 분명 의료사고가 맞지만 같은 의사로서 개입할 수 없으니 알아서 하라고 했다. 대치 병원을 찾아갔다. 사정을 설명했다. 의사는 버럭 화를 내며 그것이 솜처럼 보일 뿐, 시간이 지나면 자연스럽게 녹는 의료용품이라고 주장했다. 솜이 5~6년간 안 녹았을 뿐이란다. 내가 억지를 쓴다면 명예훼손으로 고소하겠다며 적반하장으로 나섰다. '아팠겠구나. 미안하구나. 보상하겠다.' 했으면 쉽게 마무리될 수 있었다. 누구나 실수할 수 있고 그 실수의 대상자가 내가 아니길 바랄 뿐이었다. 억울함과 분노가 더 커졌다. 실수를 인정하기보다는 권위를 앞세워 윽박지르는 모습이 혐오스러웠다. 다시 찾아갔다.

이번에는 소형 녹음기를 주머니에 넣고 대화를 시작했다. 그가 갑자기 나의 가족사를 들먹였다. 아빠 없이 자라서 가정교육이 덜된 것 같다는 것이다. 이런 말이 있다. '꼭지 돈다.' 그 상황에서 아빠 없다는 얘기가 왜 나와? 본인의 잘못된 치료로 고통받는 환자는 보지 않았다. 부들부들 떠는 나를 보고 엄마를 들먹이며 협박했다. 그리고 엄마에게 '딸 교육 잘하라고, 세상 무서운 줄 모르고 까분다며, 고소하겠다'라며 전화 걸었다. 엄마는 눈뜨고 코 베어 가는 사람들이 서울 사람이라며 모든 걸 덮고 그만두라고 했다.

당신과 나의 하루, 에세이로 피어나다

참을 수 없는 분노로 달러 빚을 내서라도 고소하겠다고 결심했다. 살 떨리는 전쟁이 시작되었다. 의료분쟁 상담소를 찾았다. "의료사고는 피해자가 이길 확률은 없어요. 심정은 이해하지만, 소송으로 더 큰 고통을 받을 수 있으니 접점을 찾아보죠." 대치동 의사는 중재자에게 나를 환자로 받은 적이 없다고 발뺌했다. 녹음기록을 담당자에게 들려주었다. 중재 담당자는 환자기록을 보전하지 않아 행정처분을 받는다는 사실을 의사에게 전했다. 그제야 그는 꼬리를 내렸다. 얼마 뒤, 미안하다는 말과 함께 당시 수술비 50만 원 전부를 돌려받았다. 의사라는 직업을 권력처럼 행사하더니, 더 큰 권력 앞에서는 꼬리를 내렸다. 아픔에 공감하지 못하는 의사가 과연 다른 사람의 아픔을 치유할 수 있을까?

2

숨이
안 쉬어져요

이효원

> 내가 선택하지 않은 감정이
> 나를 파도처럼 쓸고 가는 것을 이제는 두고 보지 않는다.
>
> _이효원

한번 시작하면 끝을 봐야 하는 성격이다. 이런 내가 학원 강사가 되었으니 밤낮없이 일에만 매달렸던 건 어쩌면 당연했다. 건강이 최고의 무기여야 할 20대, 몸 구석구석 문제가 생겼다. 잠을 못 자고 출근하는 날엔 귀에서 이명이 들리는 날도, 가끔 심장이 너무 찌릿해서 가슴을 움켜쥐며 한동안 지하철 계단 가운데 멈춰 있다 올라갔던 날도 있었다. 시험 기간이 끝날 때마다 '내가 지금 건강과 돈을 바꾸고 있는 걸까?' 생각했다. 어느 날부터 숨이 잘 안 쉬어지는 느낌을 받았다. 바빠서 스트레스를 받나 보다며 넘겼다. 눈에 들어온 우편함. 국가 무료 건강검진 대상자라는 것을 알았다. 속이 답답했던 게 마음에 걸려 집 앞 가정의학과에서 건강검진을 받았다.

"흰색 부분이 보이시나요? 폐에 무언가가 뿌옇게 보입니다. 큰일은 아니겠지만 혹시 모르니 흉부 CT 검사를 받아보셔야 할 것 같아요. 소견서를 써 드릴 테니 근처 영상의학과 가서서 검사받아 보세요."

다음 날 CT를 찍고 결과지를 확인했다.

의심 1. 코로나 등의 폐렴.
의심 2. 약 2.8cm의 폐 결절.
추후 추가 검사 요망. 개선되지 않을 시 조직 검사 필요.

폐 결절? 폐 결절은 처음 보는 단어였다. 검색해 보니 여러 원인으로 폐에 생기는 병변을 이르는 말이었다. 비흡연자이면서 35세 미만의 경우에 발견된 폐 결절이 악성일 확률은 극히 낮다고 적혀 있었기에 한시름 놓으면서도, 연관 검색어로 뜨는 폐 결절, 폐암 관련 글을 읽으며 잠깐 동안 온갖 상상의 나래를 펼쳤다.

소견서로 서울대 병원, 삼성서울병원, 세브란스 병원 등 대형 병원 진료 예약을 잡았다. 첫 번째 병원에서 별 대수롭지 않게 '코로나 검사해

보셨어요? 곧 사라질 것 같으니, 두 달 뒤 CT 다시 찍어보면 되겠네요.'
라고 했다. 나오는 길에 본 하늘이 그렇게 예쁠 수 없었다. 걱정하지 않
으려 무던히도 마음을 다잡았지만, 기다리는 2주의 시간 동안 마음고생
을 꽤 했었나 보다.

다른 병원도 일단은 지켜보자는 의견이었다. CT 촬영 예약을 잡아두
고 평소처럼 일하고, 친구들과 약속에 술도 가끔 마시면서 똑같은 일상
을 보냈다. 두 달 뒤 진료실. 당연히 사라졌을 거라는 나의 기대는 와장
창 무너졌다.

"아주 미세하게 커지는 것 같습니다. 그런데 원인을 아직 모르겠네요.
두 달만 더 기다렸다가 한 번 더 찍어 보는 게 좋겠습니다."

그때부터 시작된 상상의 나래는 점점 커져 나를 짓누르기 시작했다.
불안한 생각들이 하루에도 몇 번씩 불쑥 떠올랐고, 심장은 롤러코스터
를 탄 것처럼 하루에도 몇 번이고 내려앉았다. 내가 할 수 있는 건 없었
다. 그저 매일의 일상을 보내며 야속히도 느리게 흘러가는 시간을 기다
리는 것뿐이었다. 그렇게 두 달 뒤 진료실 종양내과 교수님 컴퓨터 화면
속 내 눈에 들어온 한 단어.
'의심: lung cancer폐암'

"지금 최소 6개월째 사라지지 않고 있습니다. 폐암 가능성이 있으니 뇌 MRI, 전신 PET-CT를 찍어서 확실하게 확인을 해봅시다. 그리고 악성 여부와 관계없이 수술로 떼어내야 할 가능성이 큽니다. 수술은 흉부외과에서 진행될 것입니다. 혹시 알아본 의사 선생님이 있나요?"

알아본 의사 선생님이라니? 대기실에 한가롭게 앉아 있다가 진료실에 들어온 나에게 갑자기 흉부외과 선생님 중 알아보고 온 선생님이 있나는 질문 자체가 너무 생경하게 느껴졌다. 그 와중에 방어기제가 불쑥 튀어나와 마치 다른 사람 얘기를 들은 것처럼 금세 씩씩한 척, 아무렇지 않은 척 행동했다. 믿고 싶지 않다는 듯 작위적인 반응을 선보이며 진료실을 나왔다. 다른 3차 병원에 예약을 잡고 다시 진료를 보았다. 똑같은 의견이었다. 암일 확률이 있어서 우선 수술을 해야 한다는 것이다. 귀신 같은 알고리즘은 그날부터 계속하여 20대 암 환자 브이로그, 폐암 선고 브이로그를 상단에 띄어두며 나의 담력을 시험했다.

교습소를 차린 지 4개월 만이었다. '암 확진 판정을 받으면 교습소는 어떻게 해야 할까? 계속 수업할 수 있을까?' 온갖 생각에 머릿속이 매일 복잡했다. 차라리 암이라고 누가 확실하게 얘기해 주면 좋으련만, 어쨌거나 받아들이고 나는 또 살아갈 텐데, 아닐 수도 있다는 기대감과 왜 나에게? 하는 억울함이 교차했다. 해맑게 웃는 아이들과 얘기하며 수업하는 동안엔 모든 것을 잊을 수 있어서 학원에 있는 시간이 행복했다. '평생 할 수 있겠다. 천직이다.' 싶던 가르치는 일을 오래 할 수 없을지도 모른다는 생각이 드니 출근해서 일하는 모든 순간이 참 소중했다.

정체 모를 흰 덩어리를 어떻게 하면 물리칠 수 있을까. 원인을 모르니 방법 또한 알 수 없었다. 마음이 시끄러워 견딜 수 없던 시기에 책을 읽고, 필사를 시작했다. 운동을 하고, 잠도 충분히 자고, 밥도 제때 챙겨 먹으며 매일을 견뎠다. 그러자 마음의 평화가 찾아왔다. '설령 암이라고 해도 내가 할 수 있는 걸 하겠다. 이 사실을 차분히 받아들여 보겠다. 내 방식대로 이겨내 보겠다. 나한테 이런 일이 생긴 이유가 있다면 그 이유를 잘 찾아가 보겠다.' 매일 생각했다. 하루아침에 뚝 떨어진 폭탄 하나가 아이러니하게 인생을 살아갈 이정표를 만들어 주었다.

최근, 병원에 다닌 지 1년 만에 흰색 덩어리가 말끔히 사라졌다. 혹여 바라면 부정이 탈까, 크게 실망할까, 감히 욕심내어 바라지 못했다. 거짓말처럼 깨끗해진 CT를 직접 확인하니 눈앞이 연신 일렁였다. 속으로 감사합니다만 쉴 새 없이 되뇌며 진료실을 나왔다.

지난 1년 사이 바뀐 건 인생을 바라보는 방식이었다. 내가 1순위가 되었다. 나를 들여다보고, 내 몸과 마음을 먼저 살폈다. 나에게 주어진 것들에 대한 감사함을 매일 마음에 새겼다. 흰색 덩어리의 정체도, 갑자기 사라진 이유도 알 수 없지만, 그 시간 동안 많은 것을 배웠다.

건강을 잃는다면 수십억의 자산가가 뭐가 부러울까? 이제야 안다. 제일 중요한 건 건강이었다. 스트레스는 만병의 근원이 아닌가? 스트레스로 내 몸과 마음이 무너지도록 내버려 두는 일은 없게 할 것이다. 교습소를 운영하며 학부모, 학생들, 주변 가게, 홍보 등 계속해서 선택의 순간들을 맞닥뜨린다. 1년이 갓 넘은 나에게는 매일 새롭고 쉽지 않은 일의 연속이지만 그로 인해 생기는 스트레스는 선택의 영역이다. 내가 선택하지 않은 감정이 나를 파도처럼 쓸고 가는 것을 이제는 두고 보지 않는다. 내가 만든 공간에서, 나를 닮은 학원에서, 나를 닮아가는 학생들과 함께 오래도록 건강하게 살아가고 싶다. 운동하고, 매일 글 쓰고, 책 읽는 이유다.

3

바람 잘 날
없어도

심다현

나중을 위해 현재를 희생하는 데 익숙하다.

나의 지금은 안녕한지… 나와 대화해 보라.

_심다현

여느 때와 다르지 않은 날이었다. 강사가 "퇴근해 보겠습니다." 하고 나갔다. 그러고는 개인 사정상 일을 그만두겠다고 카카오톡이 왔다. 무슨 안 좋은 일이 생긴 건가 싶어서 전화했는데 받지 않았다. 괜찮은지, 무슨 일이 있는지, 당장 내일부터 못 나오는 건지 메시지를 보냈다. 그렇다고 답장이 왔다. 이렇게 책임감이 없어도 되나 싶었다. 젊은 친구 중에 아무런 연락 없이 다음날 안 나오는 교사들도 있다고 다른 센터 원장님들이 했던 이야기들이 떠올랐다. 실제 그런 일이 일어나니 피가 마르는 느낌이었다.

당신과 나의 하루, 에세이로 피어나다

2주 안에 다른 사람을 구하는 일도 쉽지는 않았다. 그만둔 교사에게 2주 정도만 일해 달라고 부탁했다. 일단 구직사이트 여러 곳에 공고를 올리고 이력서를 검토한 후 면접 일정을 잡았다. 면접 보러 온다고 하고 노쇼인 경우는 양반이었다. 계약서를 쓰고 다음 날 출근하기로 했는데 못 나온다고 문자 보내는 사람도 있었다. 강사 구하는 일이 세상에서 가장 힘든 일이라고 생각했다. 좋은 분을 만나기도 어렵지만, 그 관계를 잘 이어 가는 것도 만만치 않다.

인간관계에 무던해지는 날이 올까? 삶은 너무 혼자 애쓰기보다는 현재 상황을 받아들이고 그 상황이 지나감을 인정할 필요가 있다.

학원 운영 2년 차이기에, 매일매일 좌충우돌 버라이어티한 일상을 보낸다. 요즘은 자녀를 한두 명을 둔 가정이 많아, 부모가 아이들에게 다 맞춰주는 경우가 많다. 수업하다 보면 간혹 예의 없는 아이들이 있다. 선생님에게 반말로 이야기하거나 교실에 눕는다거나 소리를 지르거나 교구를 던지는 등의 다양한 사례들이 있다. 보통은 잘 타이르고 이야기하면 조금씩 나아지긴 하지만 성향이 바뀌는 경우는 드물다.

학원에서 일하다 보면 시간이 어떻게 흘러가는지도 모르고 하루가 간다. 화장실 갈 시간도 없이 연속해서 수업하고 상담할 때도 있는데 그렇게 진이 빠져서 집에 오면 정말 기운이 하나도 없다. 학생들이랑은 어떻게 지냈는지 이야기하면서도 가족들이랑은 정작 이야기할 시간도 없다. 집에 가면 영혼이 나간 듯 로그아웃하는 느낌이다. 얼마 전 사우나에서 나오는 길에 정신을 잃었다. 주변 사람들의 도움으로 겨우 정신 차리고 운전해서 집에 올 수 있었다. 시간이 지날수록 나는 늙어가고 체력은 예전 같지 않은데 열정만 많은 것은 주변 사람들에게 피해를 줄 수도 있다는 것을 느끼게 되었다.

아무도 나에게 이 일을 하라고 하지 않았다. 오히려 마이너스로 빚만 늘게 되면 그냥 접는 게 낫지 않겠냐고 주변에서는 이야기한다. 그래서 더욱 스스로 증명해 내려고 노력하고 있다. 내가 틀리지 않았고 이 노력이 언젠가는 꼭 결과로 나타날 거라고 믿는다. 결과가 꼭 좋지는 않을 수도 있지만, 내 선택을 향한 노력을 멈추지는 않을 것이다.

예전에 〈먹고 기도하고 사랑하라〉라는 영화를 본 적이 있다. 2010년도 영화였는데 그 당시에는 영화의 주인공에게 공감하지 못했다. 얼마 전 우연히 다시 영화를 보게 되었는데 40대가 되어서 보니 같은 영화도 다르게 느껴졌다. 주인공 리즈는 안정적인 직장, 번듯한 남편, 남부럽지 않은 아파트가 자신이 원했던 삶인지 돌아보게 된다. 자기 자신을 찾기 위해 일 년 동안의 여행을 떠난다. 이탈리아에서 신나게 먹고 인도에서 열정적으로 기도하고, 발리에서 자유롭게 사랑하며 행복의 의미를 찾는다는 내용이다.

"우리의 보물, 우리의 완벽한 행복은 이미 우리 내면에 있다. 하지만 그것을 자기 것으로 만들기 위해서는 마음의 분주한 소란에서 벗어나, 자아의 욕망을 버리고 가슴의 침묵 속으로 들어가야 한다."

『먹고 기도하고 사랑하라』의 저자 엘리자베스 길버트의 메시지에서 인생은 균형을 찾아가는 과정인 듯 느껴졌다.

평상시에 무슨 일이든 나의 에너지의 100%를 다 쓰면 안 되는구나. 적당히 남겨서 가정과 일을 균형을 맞추어야 하는구나. 요즘에서야 절실히 느낀다. 나중을 위해 현재를 희생하는 데 익숙하다. 나의 지금은 안녕한지…. 현재를 살아야 하는데…. 계속 미래만 보고 달려간다면 그게 과연 맞는 것일까? 요즘 들어서는 현재의 나 자신에게 괜찮은지 물어보게 된다. 일과 삶에서 바람 잘 날 없어도, 내 안부는 내가 챙긴다. 먹고 기도하고 사랑하면서.

4

실수 연발
나의 운전 수난사

신나영

운전에서도 삶을 바라볼 수 있듯이 내가 경험한 세상의 모든 것은 공부다.

_신나영

수능 첫 세대인 나는 수능시험을 본 후 바로 운전학원에 등록했다. 필기에 합격하고, 실전 연습에 들어갔다. 실기 시험 보는 날, 배운 대로 운전했다. 굴절 코스, S자 코스, T자 코스, 주차 코스까지 무사히 마무리하고 합격 소리를 듣고 뛸 듯이 기뻐했다. 하지만 운전면허를 딴 후 운전할 일이 없어 면허증은 장롱면허가 되었다.

결혼 후 남편에게 운전을 가르쳐 달라고 하자 "내가 할게. 편안히 앉아 있어." 했다. 나를 위하는 마음이라 생각해 고마웠다. 그런 남편의 자상함이 운전에서는 나를 무능하게 만들었다. 하지만 아이들이 크면서 운전의 필요성을 느꼈고 남편에게 연수를 부탁했다. 결혼 7년 후, 장롱

면허에서 탈피하고 운전 연수를 받기 시작했다. 흔히들 '부부 사이에는 운전 연습시켜 주는 것이 아니다' 하는데 그렇게 시작한 연수는 우리 부부에게도 예외 없이 일반적인 진리를 보여주었다. 남편에게 배우다가는 계속 싸울 것 같아 아는 동생에게 부탁했다. 어찌나 친절하게 잘 가르쳐 주는지 금방 실전에 돌입할 수 있었다.

2013년 무렵부터 당시 살던 인천에서 운전을 시작했다. 집 주위만 돌면서 운전하다 2017년 2월 대구로 이사를 왔다. 대구 칠곡은 낯선 곳이라 처음에는 운전이 서툴렀다. 하지만 있는 차를 계속 놔둘 수는 없어 문화센터를 다니면서 서서히 운전을 시작했다. 문화센터 주차장으로 올라가는 길은 매우 좁았다. 혹시나 벽에 부딪히지는 않을까 무서웠다. 하지만 운전하고 다니려면 어쩔 수 없었기에 '에라 모르겠다.' 운전하다 보니 그 좁은 주차장 길이 언젠가부터는 익숙해졌다. 그러면서 운전에 대한 두려움이 점차 사라지고 자신감이 붙었다. 하지만 그렇게 자신감이 붙기까지는 주차장을 내려오면서 벽에 부딪혀 차가 긁히는 아픔을 겪어야 했다. 인생은 시행착오를 거쳐야 성장할 수 있고 앞으로 나아갈 수 있음을 운전도 가르쳐 주었다.

어느 날 집 근처 삼성 서비스센터에 핸드폰을 수리하러 갔다가 주차하면서 BMW의 바퀴를 살짝 긁었다. 한숨이 나오며 마음이 콩닥콩닥 뛰는 것이었다. 남편이 항상 하는 말이 외제차 근처에는 가지도 말라고 했는데 아무 생각 없이 BMW 옆에 떡하니 주차하다 긁은 것이다. 전화해서 주인을 부르고 죄송하다며 사죄를 드리고 보험사를 불렀다. 수리를 맡기는 동안 보험사에서 차를 대여해 주겠다고 하는데 괜찮다고 한다. 속으로 생각했다. '와! 이분은 사기를 치지는 않겠다.' 그런데 그 살짝 긁힌 바퀴의 수리비가 280만 원이라고 했다. 헉했다. 일반 국산 차라면 그냥 가라고 하던지 10만 원 내외면 해결될 수준인데 어마어마한 금액이었다. 이래서 외제차가 무섭구나 했다. 그때 생각했다. 외제차를 타는 것은 나를 위한 것도 남을 위한 것도 나라를 위한 것도 아니라는 것을. 난 외제차는 타지 않겠다고 다짐했다.

2024년 11월 어느 날 회사에서 교육받고 오는 길이었다. 빨간 불이어서 멈추었는데 우측 차선으로 가면 좀 더 쉽게 갈 수 있을 것 같아 우측 차로로 차선을 변경하려고 했다. 그러려면 뒤로 살짝 후진한 뒤 우측으로 가야 했다. 뒤에 차가 있는지 보지를 못하고 후진하다 뒤차와 부딪힌 것이다. '어쩜 좋아~' 이럴 땐 보통 내려서 남편과 통화를 해서 상황을 알리고 보험사를 부른다. 그런데 그날따라 왜 그랬는지 모르겠지만 살짝 부딪혔다 생각하고 상대에게 수리하고 전화를 부탁하며 전화번호만 건네주고 집으로 왔다. 전혀 큰 사고라 생각하지 않기 때문이다. 집으로 와서 남편한테 상황을 설명했다. 나도 남편도 큰일로 생각하지 않았

당신과 나의 하루, 에세이로 피어나다

다. 남편이 상대와 통화를 하고 사진을 찍어 보내달라고 했다.

그런데 나한테 날아온 차 사진은 앞 범퍼가 크게 찌그러져 있는 것이었다. 내가 내려서 봤을 때는 그러지 않았었는데…. 그리고 저 정도로 세게 박지 않았는데…. 그날 나의 행동은 분명 다른 날과 달랐다. 보통은 사진을 찍어 남기는데 사진 한 장 찍지 않고 온 것이다. 그 이후 차 주인은 보닛까지 교체한다고 했고, 너무나 화가 난 남편이 보험사와 전화를 했는데 전에 사고 난 것까지 이번 사고에 다 뒤집어씌우려 했던 것이었다. 상대가 30대 초반으로 보이는 여성이었다. 전혀 사기 칠 것처럼 보이지 않았는데 어떻게 저럴 수가 있나 싶었다. 그리고 보험회사에 병원비용으로 240만 원을 청구했다고 한다. '와~ 보험으로 사기 친다는 게 이런 거구나'를 새삼 느꼈다. '이번이 기회다 싶어 아픈 곳을 다 치료했나? 정말 너무 하는 거 아니야? 어쩜 이렇게 대놓고 사기를 치지?' 양심을 떼놓고 다니는 것 같았다. 너무 억울하고 분했다. 하지만 어쩔 수 없었다. 나의 치밀하고 세심하지 못했던 행동에 대한 대가였다. 이런 몇 번의 사고 경험은 사고가 났을 때 어떻게 대처해야 하는지 알게 해 주었다. 무엇보다 같은 실수는 반복하지 말자고 생각했다.

운전은 삶과 참 닮아있다. 삶은 불확실성의 연속이다. 운전 또한 어찌 될지 모르는 상황의 연속이다. 조심한다고 해도 실수하게 되고, 나만

운전을 잘한다고 되는 것도 아니다. 차든, 건물이든, 사람이든, CCTV
든 나와 대상의 관계가 잘 조율되어야 자신의 길을 갈 수 있다. 가고 싶
은 길을 자유로이 무탈하게 가려면 최대한 많은 정보를 가지고, 앞서려
하기보다 양보와 느긋한 마음이 필요하다. 불확실한 길은 도로의 표지
판을 보든 내비게이션을 따르든 답이 나와 있다. 우리의 삶도 앞서간 이
들의 발자취와 기록의 흔적이 있다. 그 표적들을 살피며 삶을 운전해 보
자. 그러면 어느새 내가 바라는 목적지에 도착해 있지 않을까? 운전에
서도 삶을 바라볼 수 있듯이 내가 경험한 세상의 모든 것은 공부다.

당신과 나의 하루, 에세이로 피어나다

5

마음의 상처엔
연고보다 거리

박지영

> 맞서 싸워봤자 시간과 감정 낭비일 때,
>
> 그 상황에서 발을 빼고, 자신만의 밝은 길을 찾아 나가는 용기를 가져보자.
>
> _박지영

학교라는 작은 사회에서 다양한 친구들과 관계를 맺게 된다. 좋은 친구를 만나기도 하지만 그렇지 못하기도 한다. 때로는 친구라고 생각했던 사람들에게 상처를 받기도 하고, 이해할 수 없는 일을 겪으며 성장해간다. 몇 해 전에 가르쳤던 한 고등학생 제자도 그런 아픔을 겪었다.

SNS나 단톡방을 만들어서 지능적인 방법으로 친구를 따돌렸다. 그 사건은 결국 학교 폭력 위원회로 갈 정도로 심각해졌다. 제자로부터 이 이야기를 듣고 얼마나 힘들었을까 공감이 되었다. 학교 폭력은 어떻게 중재하고 해결하느냐에 따라 서로가 상처 없이 마무리될 수도 있고, 더 깊은 상처로 남을 수도 있다. 나는 은수에게 중요한 교훈을 전했다. '한 서리가 내려야 국화가 더 향기롭다.'

이 시련을 잘 이겨내면 더 성숙해진다.

은수는 학업도 우수했고, 주변에서 인정받는 아이였다. 일부 학생들은 이런 점을 못마땅해했고, 은수를 따돌리려고 여러 가지 사건을 만들었다. 겉으로 보기엔 평범한 농담처럼 보이지만 그 말에는 제자를 비난하고 조롱하려는 의도가 숨어 있었다. 때로는 그룹 채팅방에서 제자를 의도적으로 빼고, 약속을 잡고 무시했다. 제자는 처음에는 혼자서 문제를 해결하려 했지만, 시간이 지날수록 정서적으로 지쳐서 결국 부모님과 나에게 도움을 요청하게 되었다. 화해가 잘 되었다면 은수가 그렇게까지 감정이 폭발하진 않았을 텐데. 제대로 된 사과 없이 넘어가는 바람에 학부모도 화가 나서 학교 폭력 위원회를 열려고 했다.

나는 제자가 스스로 용서의 마음을 가질 수 있도록 도왔고, 다시는 그들과 얽히지 않도록 거리 두는 법을 알려주었다. 그 이후 진정성이 없더라도, 상대 학생이 사과해서 학교 폭력 위원회는 열지 않는 것으로 되었다. 제자와 긴 대화를 나누며 그 학생들에게 얼마나 큰 상처를 받았는지를 알게 되었다. 제자에게 '용서'와 '거리두기'라는 두 가지 중요한 가치를 알려주었다. 학교 폭력 위원회에 넘어가면 그 학생들에게 합당한 처벌이 내려지겠지만, 그 과정에서 제자도 또 다른 감정적 상처를 입을 수 있음을 알려주었다.

다른 학교에서 비슷한 사례가 있어서 들려주었다. 피해자였던 학생이 가해 학생을 용서하는 대신에 학교 폭력 위원회로 사태를 마무리 지었다. 그 사연을 본 다른 학생들이 '쟤는 우리가 조금만 잘못하면 학교 폭력 위원회를 열겠지?'라고 성급하게 결론 냈다. 그래서 되려 피해 학생이 외톨이가 되었다.

"은수야, 친구들이 사과하고 반성하는 태도가 부족하긴 해. 네가 억울하긴 하지만 이것 또한 잘 지나갈 거야. 쉬는 시간에 다른 장소로 가서 그 친구들과 거리두기를 하는 게 필요해. 서로 자꾸 보면 또 문제가 발생할 수 있거든." 하고 조언했다. 여전히 그 친구들은 무리 지어 제자를 받아들여 주지 않는 상황이라 다시 친해질 필요는 없어 보였다.

학부모에게도 학교 폭력 위원회를 여는 것은 최대한 미루라고 말하고 싶다. 하지만 상대방이 잘못하고도 반성하지 않을 때는 필요한 제도가 될 수 있다. 대화로 잘 풀 수 있는 상황인데도, 진정성 없는 모습을 보이면 상황이 안 좋게 흘러갈 수 있다. 사람이니까 잘못을 할 수 있으나 그 이후 어떻게 대처하는지에 따라 관계가 좋아질 수도 나빠질 수도 있다.

용서를 구하는 행동이 얼마나 멋지고 용기 있는지 아이들이 알았으면 한다.

제자에게 '용서는 그 사람들을 위해서 하는 게 아니라 평온한 마음으로 살아가기 위해 하는 거야'라고 말했다. 처음에는 이해하지 못했지만, 점차 분노와 미움이 자신을 힘들게 했다는 것을 깨달아갔다. 누군가를 미워하는 것은 마음을 지옥으로 만들고 지치게 한다. 용서는 하되 그 친구들과 거리를 두어야 한다고 조언했다. 과거에 얽매이지 않고, 새로운 시작을 위해서는 건강한 거리감이 필요하다는 점을 강조했다. '불 가까이 가면 옷이 탄다.' 진심으로 사과하고 친구에게 손잡아 주는 학생들이었다면, 다시 친하게 지내라고 할 수 있었을 텐데. 억지로 관계를 유지하려는 시도는 결국 비슷한 일의 반복으로 더 큰 고통을 준다.

학생들에게 문제를 해결하는 법뿐만 아니라 때로는 자신을 보호하는 법을 알려줘야 한다. 제자는 예전보다 훨씬 밝은 모습으로 미래를 준비했다. 그때의 경험을 통해 얻은 지혜와 해결책으로 더 큰 사람이 될 것이라 믿는다. 조금이나마 도움을 줄 수 있었다는 사실에 감사하다. 우리는 언제나 모든 관계를 완벽하게 해결할 수 없다. 용서와 화해를 통해 풀어가는 게 최선이지만, 늘 그렇지는 못하다. 그럴 때는 자신을 지키는 선택을 해야 한다. 때론 감정의 소용돌이에서 빠져나와 이성적인 시각으로 문제를 바라보면 의외로 쉽게 빠져나올 수 있다. 논리로 대응할 수 없는 사람들도 있다. 그럴 때는 이제는 감정 소모하지 말고, 과감히 발을 빼고 나만의 깨끗하고 밝은 길을 찾아 나가는 용기를 가지자.

6

인생 최대 위기,
학원을 건 승부

윤영진

아찔한 상황에 마주하거나 기대만큼 결과가 나오지 않을 때도 있다.

그럴 때 중요한 건 일을 대하는 태도와 열정이다.

_윤영진

2008년 10월에 학원을 처음 설립했다. 하지만 2002년 대학교를 졸업할 무렵 내 꿈은 학원 강사가 아니라 프로그래머였다. 초등학교 때부터 컴퓨터게임과 프로그래밍, 해킹에 관심이 많았던 나는 대학도 컴퓨터 관련 학과로 진학했다. 2학년을 마치고 군대를 다녀온 후 1년간 휴학하면서 지리정보 시스템을 구축하는 회사에 취직했다. 1년 가까이 일하면서 적성이 아니라는 것을 느꼈다. 자유롭게 지내던 시절과는 전혀 다른 업무의 연속이었다. 복학 후에도 이 길은 나의 길이 아닌 것 같다는 생각이 커졌다. 4학년 2학기에 아르바이트하러 들어간 입시 학원에서 수학 강사로 일하다가 눌러앉고 말았다.

시험 기간이 다가오면 3주 전부터 학생들에게 당근을 뿌리고 채찍을 휘둘렀다. 중학교 2~3학년일 뿐인데 토요일과 일요일을 12시간씩 갇혀서 나의 감독하에 시험공부를 했다. 당시에는 체벌도 가능했고, 성적이 오른 학생들에게는 게임 아이템이나 싸이월드의 도토리, 세이클럽 캐시를 선물했다. 결과는 매우 좋았다. 담당하는 학생들의 성적이 많이 오르고 100점인 학생이 수두룩했다. 학생들에게 인기 만점의 선생님이었고, 학원에서도 나에게 성과급을 주거나 직책을 맡기면서 더 좋은 대우를 해 주었다.

입사 6년 후, 급여로 만족하지 못한 나는 더 높은 곳으로 가보고 싶다는 생각에 무턱대고 학원을 차렸다. 근무하던 학원에 예쁜 여자 수학 선생님이 있었는데, 수업도 잘하고 카리스마도 강해서 학생들에게 인기도 많았고, 친한 선생님들도 많았다. 입사 첫해, 2학기 중간고사가 후 열린 전체 회식에서 내 앞에 앉은 그 선생님에게 첫눈에 반했다. 다음 날 바로 고백했다. 거절당했지만, 6개월간의 끈질긴 구애로 결혼했다. 첫 아이가 생기면서 휴식 기간을 갖게 되고, 우리는 학원을 창업하기로 했다. 나와 생후 7개월 된 아이를 둔 아내 그리고 내 친동생. 우리는 난생처음 자영업에 도전했다.

주택담보대출을 한도까지 받고, 지인들의 도움도 받아 자금을 마련했다. 이럴 때 쓰는 표현이 바로 '영끌'이었다. 전 재산을 투자해 배수의 진을 쳤다. 두려움도 있었지만, 최선을 다했다. 전단을 뿌리고, 광고 계획, 수업 계획, 수업 준비를 하느라 학원에서 밤새는 일도 허다했다. 첫 학원이었기에 직접 실내장식을 하고, 학원 차량을 마련했으며, 과목별 강사도 채용했다. 학생도 없는데 갖추고 싶은 것을 모두 갖춘 채 6개월간 버티다 보니 운영자금이 바닥나기 시작했다. 강사 급여를 주기에도 부족해서 자가용 카니발도 팔아서 급여로 충당했다. 더 이상 대출받을 곳도 없어 한두 달만 더 적자가 나면 거리에 나앉을 상황이었다. 아기와 아내가 걱정되고 두려움이 오기 시작했다. 위기였다.

실패를 생각한 적은 별로 없었다. 그냥 열심히 했다. 상담 횟수를 늘리고, 보충수업도 많이 하며 고객 감동에 최선을 다했다. 적자를 면하기 시작했다. 성장 속도는 빨라졌다. '잘 가르치는 학원, 열정이 넘치는 학원, 성적이 오르는 학원'이라는 입소문이 퍼지면서, 80여 명이었던 원생이 300여 명으로 늘었다. 적자로 고전한 지 8개월 만에 거둔 성과였다. 학원 내 강의실 중 가장 큰 강의실에 자리가 모자랄 정도로 수강생들이 많아졌고, 동네 1타라고 불리기에 충분했다. 팔았던 자가용도 다시 샀고, 집도 학원 근처 더 나은 아파트로 이사했다. 인생에서 첫 번째 성공이었다.

아직도 그때를 생각하면 등골이 서늘하다. 어떻게 그런 배짱으로 전 재산을 투자하고 무모하게 돌진할 수 있었는지 모르겠다. 갓 태어난 아이와 아내에 대한 책임감 때문에 그랬던 것 같다. 나는 지금도 그런 모험을 계속 꿈꾼다. 사람들이 말리는 일이나 과연 가능할지 싶은 일을 시도하려고 한다. 일을 벌이기 전, 충분히 생각하는 편이다. 실패할 경우의 대책을 세우고, 예상치 못한 상황에 대한 대비책도 마련한다. 하지만 실패의 두려움보다 어떻게 성공할지를 더 많이 생각한다. 잘할 방법, 성공할 방법, 그리고 이후에 확장해 나갈 방법을 연구한다. 집중하고 생각하면서 기다린다. 일이 시작되면 사소한 것에도 최선을 다한다. 그래야 성공할 수 있기 때문이다.

어떤 사람이 매주 교회에서 복권 당첨을 기도했다. 하지만 아무리 기도해도 응답이 없자 불평했다.

"하느님! 왜 저에게는 복권을 당첨시켜 주지 않으십니까?"
그러자 하느님이 말했다.
"복권을 사야 당첨시켜 주지 않겠느냐."

기회는 움직이는 사람의 손에 쥐어진다. 안정적인 월급만 믿었다면 어떤 기회도 찾아오지 않았을 것이다. 무모한 도전이 답은 아니다. 실력을 쌓고 가치 있는 정보를 모은 다음, 기회가 왔을 때 나서야 한다. 시작했다면 뒤를 돌아볼 틈도 없이 끝까지 걸어가야 한다. 성공했는지는 굳이 내가 말하지 않아도 된다. 주변의 평가가 곧 증거다. 실패는 누구에게나 찾아오기 마련이다. 나 역시 겪었다. 그러나 그때마다 다시 일어서는 사람만이 성공을 부른다.

안거낙업安居樂業. 편안한 삶을 누리며, 제 일을 즐기는 것. 누구나 적성에 맞는 직업을 꿈꾸지만 찾기는 쉽지 않다. 나 역시 여러 진로를 고민하다 우연히 선택한 일이 천직이 되었다. 하지만 적성에 맞는다고 해서, 언제나 순풍이 부는 건 아니다. 열정은 넘어져도 다시 일어서게 하는 힘이다. 재능이 있어도 열정이 없으면 빛을 잃지만, 열정을 담으면 결국 성공으로 이어진다. 결국 안거낙업이란, 힘든 순간마저 여정으로 품어내는 사람에게 주어지는 선물 아닐까.

7

파란만장
프랑스 출장기

전승희

> 해결책이 보이지 않는 순간들이 있다.
>
> 삶은 뜻대로 되지 않지만 그럼에도 흘러가고, 우리는 그 속에서 성장을 거듭한다.
>
> _전승희

2007~2008년경 여름이었다. 6박 7일의 유럽 출장 일정이 나왔다. 스웨덴, 프랑스, 독일 방문 후 다시 프랑스로 돌아오는 일정이었다. 비교적 근거리의 아시아 출장은 있었지만, 3개국에 걸친 유럽은 처음이었다. 이사님에게 일정을 보고했다. '어이구 일정이 꽤 **빡빡**하네? 비행기가 연착되거나 하면 고생할 수도 있겠어.' 회사에서 하라니 따를 수밖에.

일정 하나가 이상했다. 프랑스 소도시 '코망트리'에 있는 공장에 방문할 때 파리에서 기차로 이동하는 거였다. 스마트폰이 한국에 보급되기 전의 일이다. 전임자가 인수인계하면서 분명히 말했다. "코망트리 갈 때

는 기차를 타고 가야 해서 프랑스어를 할 수 있는 직원과 함께 가요." 일
정표에는 혼자 방문하는 것으로 잡혀있었다. 프랑스인 지사장에게 전
임자에게 들은 것에 대해 말했다. 별 반응이 없었고 오히려 왜 동행인이
필요한지 이해가 안 된다고 했다. 쳇! 혼자서도 갈 만하겠거니 생각했
다. 하지만! 이것이 모든 사건의 시작이었다.

첫 번째 일정은 인천에서 파리를 경유해서 스웨덴 스톡홀름에 가는
것이었다. 공항에 도착 후 스웨덴 사무실에서 예약해 놓은 택시를 타고
숙소에 도착했다. 한국에서 출발 직전 스웨덴 담당자로부터 이메일을
받았다. 늦은 저녁에 도착하니 식사용 샌드위치가 침대 위에 놓여 있을
거라는 내용이었다. 숙소에 들어가니 이메일 내용대로 침대 위에 샌드
위치가 놓여 있었다. 저녁 식사라는 내용이 떠올랐다. 밤인데 밖이 대낮
처럼 환했다. 시차와 장시간 이동으로 정신이 혼미했다. 스웨덴은 백야
기간이었다. 시차 때문인지 백야 때문이지, 자는 것도 깬 것도 아닌 채
로 하룻밤이 지나갔다.

다시 파리에 돌아와 코망트리에 가는 날이었다. 기차 타고 가는 것이
걱정되어 서둘러 역에 도착했다. 오래돼 보이는 작은 역이었다. 텔레비
전에서 봤던 멋진 테제베^{TGV}가 달리는 크고 웅장한 기차역이 아니었다.
'프랑스의 무궁화호 타고 가는 건가?' 생각하며 기차 시간을 다시 확인

했다. 여유 시간이 있어 카페에 들어갔다. 차를 마시며 주변을 둘러보았다. 들리는 것도, 보이는 것도 온통 프랑스어였지만 뭔가 이상한 기류가 흐르는 것을 감지했다. 무슨 일인가 싶어 역 창구에 갔다. 이럴 수가! 오늘부터 열차 파업이다.

나는 프랑스어 까막눈이다. 창구에 가서 영어로 물으니, 프랑스어 대답이 돌아왔다. 알아듣지 못하자 'Strike'라고 한마디 하며, 창구 앞에 임시 표지판을 가리켰다. 원래 기차 시간 옆에 변경된 시간과 열차번호로 짐작되는 것이 쓰여 있었다. 한두 시간 후에 다른 열차로 출발한다. 도착이 늦어지는 것이지 아예 못 가는 건 아니어서 안심했다. 하지만 안도도 잠시뿐 변경된 기차도 계속해서 지연되는 게 아닌가? 안내 방송이 간간이 나왔지만, 들어도 이해하지 못하니 불안한 마음에 창구만 계속 들락거렸다. 혹시라도 다시 변경되는 시간을 놓치면 끝장이다.

시간이 더 지체된 후에 드디어 열차에 올랐다. 파업 때문인지 내가 탄 칸에는 나와 프랑스인으로 보이는 여성 딱 두 명뿐이었다. 늦었지만 열차에 탔으니 한숨 돌렸다. 이 열차가 나를 코망트리에 데려다주겠지! 몇 시간을 마음 졸였더니 졸음이 쏟아졌다. 얼마나 시간이 지났을까? 누가 잠든 나를 흔들어 깨우고 있었다. 같은 칸에 함께 탔던 여성이었다. 프랑스어로 뭔가 다급하게 말했다. 아! 뭐라는 거지? 답답함을 느끼는 것도 잠시, 표정과 손짓에서 지금 당장 내려야 한다는 것을 알아챘다. 그러고 보니 기차가 멈춰 있었다. 4시간 정도 걸려야 도착인데 아직 2시간밖에 지나지 않았다.

밖은 어둑어둑했다. 기차에서 내린 사람들이 모여 있었고 누군가가 인솔해서 모두를 버스에 태웠다. 동양인은 나뿐이었다. 창밖을 바라보니 유리창에 비친 내가 보였다. 여긴 어디고 난 어디로 가는 것인가? 오늘 겪고 있는 일들이 꿈처럼 느껴지며 헛웃음이 나왔다. 얼마나 달렸을까? 어딘지도 모르는 곳에 멈춰서 내리란다. 자정에 가까운 시간이었다. 버스 계단을 내려오고 있는데 익숙한 목소리가 내 이름을 불렀다. Beatrice였다. 한 번도 만난 적은 없지만 수시로 통화하는 터라 목소리를 듣고 단박에 알았다. 눈물이 날 것 같았다. 여기가 코망트리구나! Beatrice는 오늘 무슨 우여곡절을 겪으며 여기에 도착했는지 이미 다 알고 있었다. 프랑스는 파업의 나라지만 너무 극한 상황을 겪었다며 위로해 주었다.

다음 날 9시부터 일정이 시작되었고 저녁에는 파티가 있었다. 늘 연락하는 담당자들과 처음 보는 다른 부서 직원들과도 인사를 나눴다. 이때는 몰랐다. 파티에 참석하지 않았다면 무슨 일이 벌어졌을지. 다음 날이 되었다. 다시 파리로 이동해서 오후에 독일행 비행기를 타야 했다. 파업

중이지만 내가 탈 9시 출발 열차는 운행한다고 했다. 로비에서 택시를 기다리는데 예약 시간이 지나도 택시가 오지 않았다. 괜찮다. 아무리 시골이어도 영어가 통하는 호텔이다. 프런트에 택시를 호출해 달라고 부탁했다. 여기저기 전화하더니 지금 올 택시가 없다는 게 아닌가? 침착하게 다시 부탁했다. 같은 대답이 돌아왔다. 기차 시간은 다가오는데 5분 거리에 있는 역에 갈 택시가 없다니. 또 비상이다! 갖은 고생 끝에 코망트리에 왔는데 떠나기도 이렇게 쉽지 않단 말인가?

믿지 못할 일이 벌어졌다. 어제 파티에서 처음 인사를 나누었던 직원이 호텔 로비로 들어서고 있었다. 그도 나를 알아봤다. 기차 시간이 정말 얼마 남지 않아 다급한 상황을 이야기했다. 그의 차로 기차 출발 2~3분 전 역 앞에 간당간당하게 도착했다. 하지만 캐리어를 끌고 플랫폼까지 이동하면 바로 코앞에서 기차를 놓칠 판이다. 그는 역무원에게 사정을 설명하고 캐리어를 전속력으로 옮겨다 주었다. 그렇게 영화 속 장면처럼 가까스로 파리로 가는 열차에 올랐다. 이런 생각이 스쳤다. 웃지 못할 사건으로 가득 찬 이번 출장, 언젠가 글로 써보리라.

스마트폰이 있는 지금은 상상할 수도 없는 파란만장한 출장이었다. 스웨덴과 독일에서는 모든 일정이 순조롭게 진행되었다. 프랑스에선 기차 파업으로 예상치 못한 상황이 연달아 닥치며 계획이 어그러지고 순간순간 대응해야 했다. 출장을 마치고 돌아보니 각 나라에서의 일정이 평소 업무 처리 방식과 몹시 닮았었다. 예측 불가한 상황 속에서도 결국은 문제를 해결하고 목표에 도달했다. 프랑스에서의 혼란함이 삶의 한 단면 같다. 해결책이 보이지 않는 순간들이었지만, 모든 경험이 의미 있는 배움이 되었고 결국 일은 다 이루어져 있었다. 삶은 뜻대로 되지 않지만 그럼에도 흘러가고, 우리는 그 속에서 성장을 거듭한다.

8

슬프도록
시린 교훈

김위아

> 엄마가 떠난 후에 알았다.
>
> 보고 싶은 사람이 있다면 지금 만나고,
>
> 해주고 싶은 것이 있다면 오늘 해야 한다는 걸.
>
> _김위아

사람에겐 누구나 잊지 못할 순간이 있다. 결혼, 자녀가 태어난 날, 생일, 졸업과 입학, 승진과 취직. 좋은 날만 간직하면 좋으련만, 인생길에는 기쁨과 슬픔이 번갈아 가며 찾아온다.

2023년 5월 화창한 토요일이었다. 지인들과 모임을 하고 기분 좋게 밤 아홉 시 무렵 집으로 돌아왔다. 20분 지났을까. 문자 알림이 왔다. 확인하고 다음 날 밤까지 일어나지 못했다. 스마트 폰 앱에 기록된 걸음 수가 그날의 '나'를 말해줬다. 하루 평균 1만 보를 걷는데 그날엔 열아홉

걸음이 다였다.

> "내 새끼 잘 지내나. 엄마가 너무 보고 싶어. 많이 아파. 한 번만 보고 싶어. 엄마가
>
> 무릎 꿇고 용서 빌게. 가벼운 마음으로 떠나게 해 줘."

30년 헤어져 살았던 엄마는 먼 길 떠나기 다섯 달 전에 내게 문자 했다. 삶이 얼마 남지 않았다고. 첫 마디를 어떻게 건네야 할지 몰라 망설였다. 지금까지 안 보고 살았는데, 이제 만난들 무슨 소용인가 싶었다. 나라면, 내가 엄마라면, 이런 문자 안 보낼 텐데. 왜 내 심장에 대못을 박나 원망도 했다. 달려가고 싶은 마음과 마주할 두려움이 팽팽히 맞섰다. 한 달이 지나서야 중환자실에서 만났다. 이름표를 보고도 우리 엄마가 맞는지 확신이 없었다. 내가 기억하는 엄마의 모습이 아니었다. 일흔여섯의 엄마는 눈물이 고인 채로, 코와 양팔에 줄을 매단 채로 있었다. 기력이 없어서 반 이상 눈을 감고 있다가 눈꺼풀을 들어 올려 몇 마디씩 했다.

"엄마, 나 왔어."
"감사합니다."
"엄마, 내일 또 올게."
"감사합니다."

섬망 증세로 나를 알아보지 못 했다. 그날 들은 "감사합니다."가 엄마의 마지막 말이다. 뇌사 상태에 빠져 깨어나지 못 했다. 의사는 마음의 준비를 하라고 했지만, 수백 번 해도 소용없었다. 그리 떠날 줄 알았다면, 문자 받은 날 바로 병원으로 갔을 텐데. 그때 만났다면 알아봤을 텐데. 바로 달려가지 않은 나를, 나는 아직 용서하지 못 했다.

엄마가 얼마나 기다렸을까….

자식은 효도하려 하나, 부모는 기다려주지 않는다고 했던가. 이 말은 내 것이 아니길 빌었다. 모든 경험에는 교훈이 있다고 하지만, 엄마가 돌아가신 후, 깨달은 삶의 이치는 잔인했다. 내게 시간을 돌리는 능력이 있다면, 딱 하나만 하고 싶다. 2023년 5월, 문자 받은 그 날로 다시 돌아가는 것.

엄마… 조금 더 있다 가지 그랬어. 두 번 이별은 너무 하잖아.
엄마… 늦게 찾아가서 미안해. 많이 미안해.

2023년 10월 어느 날, 열이 올라 입맛이 없었다. 싱크대 한쪽에 놔둔 홍시 하나 집어 들어 식탁 의자에 앉았다. 얇디얇은 껍질을 벗기다 말고, 벗기다 말고 반복했다. 손에서 내려놓고 30분간 바라만 봤다.

홍시는 10~11월이 제철이라 이 무렵엔 집에 홍시 떨어질 날이 없었다. 물컹하고 달콤해서 입이 까슬까슬할 때 제일 먼저 찾았다. 공기에 담긴 밥 떠먹듯, 주홍색 껍질을 벗겨 숟가락으로 먹었다. 과일을 찾아 먹을 만큼 좋아하진 않는다. 그러나 딱 하나! 홍시는 길거리, 마트, 시장에서 보이는 대로 사 왔다. 언제부터, 왜 좋아하는지도 모른 채 끌리는 대로 먹었다.

"너거 엄마가 홍시를 을매나 좋아했는데."

장례식장에서 엄마 지인이 말했다. 이제야 알겠다. 홍시를 삼시 세끼 밥 먹듯 한 이유를. 과일 입맛도 엄마를 닮았다. 돌아가신 후 비밀을 한 꺼풀씩 벗겨간다.

엄마는 홍시의 계절에 태어났다. 재가 되었다. 생일도 10월, 눈 감은 날도 10월. 49재는 11월. 이젠 가을이면 더 그리워지겠지. 괜스레 하늘 한 번 쳐다본다. 돌아올 리 없는 대답을 기다리며 묻는다.

엄마… 홍시가 그렇게 좋았어?

살아계실 때 한 개도 사 드리질 못 했다. 엄마 사진 앞에 홍시를 놓아드린다. 나는 또 찾아 헤맨다. 세상에서 제일 크고 맛있는 홍시를.

읽고 쓰는 삶에
메모하기

1

책 출판이
꿈이쥬?

최문희

> 꿈을 이루기 위해서는 꿈에 다가가는 사다리를 만들어라.
>
> _최문희

읽고 쓰기에 익숙한 남편에게 학원 공문 수정을 부탁하면, 그는 손을 대지 못했다. 어디서부터 어디까지 손을 대야 할지 가늠을 못 해서였다. 말하듯 글을 쓰다 보니, 글도 횡설수설, 중언부언하게 되었다. '우리말로 글쓰기'는 쉬운 듯 어려웠고 가까이하기에 멀었다.

50대 중반이 되었다. 살아온 삶 중 특별한 부분이 있으니 책을 내보라는 권유를 몇 번 받았다. 그러나 막상 책을 낸다면 대필작가에게 맡기는 것이 답이라고 생각했다. 적임자를 알아보기도 했다. 비용이 적게는 이천만 원에서 많게는 삼천만 원이었다. 쉽지 않은 일이었다. 포기하기도 쉽지 않았다. 그렇게 시간이 흘렀다. 이루지 못한 꿈을 눌러두고 살다 보니, 가끔 다시 꿈틀거렸다. 책을 직접 쓰기로 했다.

2023년 봄, 친구이자 작가인 미진에게 기초 수필 작문 수업을 받았다. 친구는 앞에 썼던 단어와 문장을 반복하지 말라고 했다. 다양한 묘사가 좋다고 했다. 생각보다 국어 문법과 철자법도 어려웠다. 비유와 대조, 표현, 문학적 글쓰기는 더 어려웠다. 핑계를 대고 수업 시간을 미루기가 다반사였다. 첫 글쓰기 공부는 두세 달 만에 끝났다.

가을이 되었다. 글쓰기는 마치 화장실에서 일보고 마무리를 안 한 느낌으로 찜찜했다. 부크크 출판으로 수필 작성할 사람 모집 글을 보았다. 6인 공저라서 다섯 개 이야기만 쓰면 되었다. 그렇게 쓴 글은 어떤 수정, 보완도 없이 바로 출판되었다. 첫 번째 경험에서 '책 출판이 어렵지 않구나.' 생각했다. 작가의 타이틀은 달았지만, 글에 대한 어떠한 책임 의식도 없었다. 무모함으로 개인 저서를 도전하게 되었다.

'위아비즈 아카데미' 책 쓰기 과정을 만났다. 숙제도 생각보다 어렵지 않았다. 적고 싶은 이야기를 일주일에 다섯 꼭지씩 작성했다. '껌이네' 싶었다. 대표는 칭찬을 건넸다. "오호, 재미있어요. 숙제 제시간에 잘했어요." 조금 더 속도를 낼 수 있었다. 잘한다는데, 재미있다는데 더 쓰고 싶어졌다. 내 열정에 기름을 붓는 순간이었다. 초고 마흔 개를 어렵지 않게 끝냈다.

  늘 그런 말을 들었다. "초고를 쓸 때가 제일 행복합니다. 즐기세요!" 무슨 말인지 몰랐다. 퇴고가 시작되고서야 무슨 의미인 줄 알았다. 어른들이 늘 "그때가 제일 행복한 때야." 하는 그 말이다. 개인 퇴고부터 슬슬 후회가 들었다. 여전히 중언부언도, 비문도, 오탈자도 많았다. 끝이 보이지 않았다. '아! 내가 넘지 못할 산에 도전했구나.' 퇴고를 수십 번 해도 여전히 오탈자와 숨어 있던 비문이 튀어나왔다.

  대표는 이런 말도 했다. "퇴고는 끝이 없어요. 그냥 끝내야 끝나는 겁니다." 어느 날, 눈 통증으로 인해 퇴고를 마무리하기로 마음먹었다. 작가로서 책임은 나중이고 눈이 아파 일상생활이 어려워졌다. 그냥 투고하기로 했다. '계약되면 출판사에서 알아서 해주겠지, 안 되면 초보가 다 그렇지' 하고 위안하기로 했다. 다른 작가들은 원고를 거절당할 때 자존심 문제, 무엇보다 그동안의 노력과 자기 존재에 부정당하는 느낌이 들어 괴로워한다는데, 난 자신을 위로할 준비가 되어있었다.

  불지옥은 출판사와 계약 후부터 시작되었다. 중단했던 퇴고를 다시 시작했다. 내 능력치에서 더는 찾아낼 수 없어 교정·교열·윤문하는 사람을 찾았다. 결론적으로 나와 결이 달라 그 사람이 쓴 걸 고쳐야 하는 수고를 더 하게 되었다. 한 번은 힘들어서 편집장에게 하소연했다. 그녀는 응원을 실어주었다. "메시지가 좋아서 괜찮습니다." 칭찬에 약했던 나는 또 젖 먹던 힘까지 내기 시작했다.

눈이 아파 뜰 수도 감을 수도 없었다. 무엇이든 젊어서 해야 한다는 말이 맞았다. 오탈자 때문에 스트레스가 최고 레벨이 되었다. 바닷가 모래알처럼 끝없이 나왔다. 포기하고 싶었다. 그 순간 대표가 한 방 때리는 말을 했다. "이런 책을 독자가 읽고 책값이 아깝다고 하면 어떠실 것 같으세요? 끝까지 최선을 다하세요." 부드럽지만 정말 무서웠다. 그 현실이 닥칠까 봐 잠을 못 잤다. 죽기 아니면 까무러치기 정신으로 글을 보고 또 봤다. 눈알을 뽑고 싶었다. 마감 날짜가 되어서야 원고를 내려놓을 수 있었다. 그렇게 나의 삶, 피, 땀 혈압의 결정체인 『나는 오늘도 행운을 만든다』가 세상의 빛을 보았다.

책을 멀리했던 삶에서 책 출판이라는 아이러니한 꿈이 있었다. 이상과 현실의 괴리로 오랫동안 품고만 있었다. 쉽지 않은 길이었다. 하지만 곁에서 함께 달려준 김위아 대표 덕분에 꿈을 이뤘다. 감나무 아래 누워서 감이 떨어지기를 바라서는 안 된다. 꿈을 이루기 위해서는 먼저 꿈꿔라. 그리고 도전하는 사다리를 만들어라. 방법은 다양한 곳에서 나타난다.

2

서른,
책으로 나를 찾다

이효원

왜 나에게는 특별한 선물을 내려주지 않나요?

하늘을 탓할 게 아니었다.

아무것도 꿈꾸지 않았기에 아무것도 이루어지지 않았다.

_이효원

어릴 적 서울 할머니 댁에 갈 때면 부모님은 매번 교보문고에 데려가주셨다. 들어갈 때마다 입구 천장 거울을 올려다보며 아빠와 눈을 마주치며 웃었던 기억. 원하는 책을 직접 고를 수 있게 해주셨던 부모님. 사고 싶은 책이 많아서 혼자 골똘히 고민했던 순간들. 주변에 앉아서 너나 할 것 없이 책을 읽던 어른들과 아이들. 모두가 암묵적으로 지키는 규칙들. 둘러싼 책들에서 뿜어져 나오는 에너지까지. 모든 게 좋았다. 엄마 표 조기교육으로 오랫동안 엉덩이 붙이고 앉아 있는 건 자신 있었다. 주말마다 엄마 손잡고 도서관에 갈 때면 앉은 자리에서 두꺼운 책 한 권을 뚝딱 읽었다. 좋아하는 책은 열 번이고 스무 번이고 반복해서 읽었다. 혼자 앉아 책에 흠뻑 스며들 수 있었던 도서관, 서점은 어린 시절 나에게 가장 마음 편한 안식처였다.

성인이 된 후, 서울로 올라오니 많은 걸 경험해 보고 싶다는 열망에 사로잡혔다. 학교 수업을 꽉꽉 채워 들으면서도 항상 무언가에 목말라 있는 사람처럼 두, 세 개씩 아르바이트를 했다. 돈을 벌고, 일하는 재미에 빠져 살았다. 공부하는 시간, 책 읽는 시간은 점차 줄어갔다. 주말마다 도서관, 서점 가는 것을 좋아했던 어릴 적의 나는 찾아볼 수 없었다. 독서는 꽤 거창한 일, 시간을 따로 빼둬야 하는 일이라 여겨지면서 우선순위에서 멀어져 갔다.

인생의 방향키를 어디로 두고 나아갈지 생각해 볼 여유조차 없었던 20대의 나였다. 당장 눈앞에 있는 기회를 잡지 못하면 실패한 사람이 되는 것 같았다. 잘해왔음에도 나를 칭찬하지 않았고, 앞으로 더 잘하지 못할까 봐 몰아붙이기만 했다. 하루하루를 그저 앞만 보고 바쁘게 나아가는 내 모습을 보며 '나 지금 꽤 잘살고 있구나.' 정말로 그렇게 생각했다. 주변 풍경을 감상하며 천천히 걸어가고 싶다는 생각도 들었지만, 전속력으로 달리는 버스에서 혼자만 뛰어내릴 자신이 없었다. 마음이 이토록 시끄러운데도 귀를 닫고 생각을 지우며 일단 당장 해내야 할 일들이 가득 있다는 게, 점차 버거워졌다.

　서른 살, 뜬금없는 '암'의 등장이었다. 사막의 한가운데 던져진 채 방향 감각을 잃고 그 자리에 우두커니 서 있었다. 그제야 내가 무엇을 놓치고 살았는지 알게 되었다. 하룻밤 사이에 이제껏 쌓아온 것들이 모두 무용지물이 된다면 어디서부터 인생을 다시 시작해야 하는지 고민해 본 적이 없었다. 강제로 모든 것을 멈춰야 할 수도 있다는 무서움. 나의 가치가 뚝 떨어질 것만 같은 막막함. 마음 둘 곳을 찾지 못해 방황하던 시기였다. 뜬금없이 정신과 진료를 예약해서 상담을 가보기도 했다. 병원에 가면 이 마음을 한 번에 잠재울 방법이 있을 거라 믿고 싶었던 것 같다.

　그때 어느 독서 모임 소개 글을 읽게 되었다. '독서'를 시작하면서 '나다움'을 찾았다는 글. 무언가에 홀린 듯 꽤 비쌌던 초기 가입비용을 지불하고 모임에 들어갔다. 혼자 시작하면 책 표지에 먼지만 쌓여갈 게 뻔했다. 매일 정해진 페이지를 읽고 글쓰기를 시작했다. 병원 결과를 기다리던 고통스러운 나날들이 '나다움'에 집중할 수 있는 시간으로 바뀌어 갔다. 어느 날 문득 나에게 주어진 모든 것이 감사했다. 매일 출근할 곳이 있다는 것. 눈을 반짝이며 커가는 학생들에게 도움을 줄 수 있다는 것, 내가 나인 것. 나는 참 복이 많고 행복한 사람이었다. 교습소로 출근하며 주변 풍경을 보는데 '이 길이 이렇게 예뻤나?' 항상 지나던 길, 살던 동네가 새

삼스레 눈에 들어왔다. 세상이 아름다워 보였다. 매일 하던 수업도 재밌고, 일을 할 수 있는 하루하루가 소중했다. 책과 필사, 일기로 하루를 마무리하는 내 모습이 좋았다. 멋있었다. 어릴 적부터 동경하던 어른의 이미지. 심지가 굳고 단단한 사람. 그게 내가 될 수 있을 것 같았다.

해야 할 업무 리스트로 매일 수첩이 빽빽하게 채워지는 인생은 내가 진정 원하는 것이 아니었다. 나에게 일은 나답게 살고, 내가 살아있음을 느낄 수 있는 여러 가지 수단 중 하나였다. 내가 진정 원하는 건 가족, 친구들과 이따금 함께 보내는 시간, 매일 공부하며 나를 채워가는 시간, 그리고 책 한 권 옆구리에 끼고 앉아 혼자 오롯이 나를 들여다볼 시간이 있는 삶이었다.

맹자는 말했다. "하늘이 어떤 사람을 선택하여 그에게 큰 임무를 맡길 때에는 반드시 그가 마음의 뜻을 세우기까지 역경과 시련을 먼저 주어 시험한다." 방향을 잃고 방황하던 시기. 끝없이 흔들리던 나를 붙잡아준 건 결국 책이었다. 책을 읽으며 솔직하게 기록해 둔 메모와 글이 나를 채워갔다. 남들의 성공 기준에만 따라가던 예전의 내가 아니다. 내가 정말 원하는 게 무엇인지, 이루고 싶은 게 무엇인지 찾기 위해 나에게 집중한다.

당신과 나의 하루, 에세이로 피어나다

"왜 안 돼? 그게 왜 불가능인데? 네가 진짜 원하는 게 뭔데?" 요즘 나 스스로에게 가장 많이 묻는 말이다. 왜 나에게는 특별한 선물을 내려주지 않나요? 하늘을 탓할 게 아니었다. 아무것도 꿈꾸지 않았기에 아무것도 이루어지지 않았다. '에이…. 나는 못 해. 애초에 그런 건 바라지도 않아.' 어른이 되면서 점점 작아지던 목표들, 불가능이라 생각했던 일들도 이제는 '내가 정말 원하는 일이라면' 모두 실현될 것임을 직감적으로 안다.

인생에서 두 번째 막을 올렸다. 지금까지 살아온 30년은 열정만 앞서던 불도저였다. 앞으로 30년은 더 깊어질 에너지로, 인연이 될 학생들에게 든든한 길잡이가 되고 싶다. 힘들 땐 책을, 책의 힘을 믿는 사람들을 찾아 나서자. 모두의 긍정 기운이 한데 모여 매번 나태해지려는 나를 깨운다. 자기를 경영하기 위해 모인 많은 원장님과 함께하는 시간이 무엇과도 바꿀 수 없이 귀하다. 꿈을 이야기하는 사람들, 다른 사람의 말에 진심으로 반응하는 사람들, 자신의 성장을 위해 눈을 반짝이는 사람들, 가고 싶은 곳이 있고 그곳에 도달하기 위해 오늘도 실천하는 사람들. 서로의 에너지를 나누며 오늘도 나를 찾는 여정에 행복한 발걸음을 내디딘다.

3

좋아해야
롱런한다

심다현

> 흘러가는 시간을 잡을 수는 없지만, '시간의 기록'은 미래의 나에게 주는 선물이다.
>
> _심다현

어릴 때 우리 집은 넉넉한 형편이 아니었다. 세 살 때 아빠가 교통사고로 돌아가시고 엄마 혼자 나와 동생을 키우셨다. 엄마가 혼자 힘들어하는 모습을 보며 자라서 과자, 인형, 책을 내가 먼저 사달라는 말을 하지 못했다.

초등학생 때 친척 집에 가면, 가장 부러웠던 것이 벽 한쪽을 메우는 슬라이드 책장이었다. 그곳을 가득 메운 책들이 부러웠던 기억이 있다. 우리 집은 딱 필요한 거만 살 형편이었기 때문에 TV에 나오는 집에 있을 법한 책장과 방 한쪽 벽에 가득 책을 쌓아두는 친척 언니가 부러웠다.

중학교 때 친구랑 처음 개포도서관에 갔다. 내가 사는 대치동에는 큰 도서관이 없었다. 처음 큰 도서관에 가보고 이렇게 좋은 곳이 있다는 사실에 충격을 받았다. 열심히 공부하는 사람, 책 보는 사람, 도서관의 조용한 열기가 좋았다. 중고등학교 때는 거리가 있다 보니 도서관보다는 집 앞 독서실에 다녔다. 대학에 가니 도서관에 매일 갈 수 있고 강의가 빈 시간에도 수시로 갈 수 있었다. 마음 같아서는 도서관을 우리 집에 들고 오고 싶었다. 도서관의 조용한 분위기에 반했고, 책을 마음껏 볼 수 있는 사실에 설렜다.

아이를 낳고 나서는 아이 방 한쪽 벽을 다 책과 교구로 채워주었다. 나의 결핍이 아이에게는 결핍이 되지 않길 바라는 마음이 컸다. 책도 많이 읽어주고, 다양한 교구들도 같이 활용해 주었다. 더 잘 알려주고 싶어서 프뢰벨 가베 지도사, 보드게임 지도사 자격증도 공부했다. 주말에 시간 날 때마다 도서관도 함께 가곤 했다. 지금까지 관찰한 바로는 나의 귀여운 딸은 또래보다 책을 좋아하는 편이다.

딸은 사립 초등학교에 다녔다. 가장 만족스러웠던 것은 독서 기록의 강제성이었다. 매년 읽어야 하는 책 목록이 항상 있었다. 책을 다 사거나 빌려서 어떻게든 숙제할 수 있게 해 주어야 했다. 느낀 점, 줄거리, 가장 기억에 남는 문구, 가장 좋았던 등장인물 등 책 읽고 요약 정리하는 걸 도왔다. 딸의 숙제 덕분에 나도 읽은 책을 기록하는 습관이 생겼다. 블로그, 스마트폰 어플, 메모지, 어디든 흔적을 남긴다.

딸에게 일기 쓰기를 어릴 때부터 강조해 왔다. 일기는 자신을 돌아보게 해주기도 하고 그때 무슨 일이 있었는지 추억하기에도 좋다. 가수 아이유는 자신의 일기를 보면서 작사한다고 하지 않는가? 한동안 아이가 아이유를 좋아하기도 해서 더 일기의 중요성을 어필할 수 있었다. 딸의 초등학교 1년 동안의 일기를 묶어서 책처럼 제본한 것을 볼 때마다 서로 할 이야깃거리가 많아진다.

학원에서도 나의 책사랑은 이어가고 있다. 수학 학원치고는 일단 책이 많다. 수업 시간에 스토리텔링으로 수학 외에 다양한 지식과 정보를 전해주기도 한다. 주제와 관련된 수학 동화도 읽어준다. 수학 일기도 책 읽기와 함께 강조한다. 한글을 떼지 못한 아이들은 그림으로라도 표현할 수 있도록 지도한다. 처음에 글쓰기가 익숙하지 않은 친구들은 교재의 주요 내용을 필사하는 형태로 시작하게 돕는다. 기록의 힘의 위대함을 아이들도 꼭 경험하길 바란다. 시간이 지나 자신이 쓴 수학 일기를 보면서 '내가 수학을 이렇게 좋아했었던 사람이었지.' 추억할 수 있기를⋯. 흘러가는 시간을 잡을 수는 없지만, 시간의 기록은 미래의 나에게 주는 선물이다.

4

책육아로
내가 컸습니다

신나영

책은 재미있고 배울 것이 많아 지적 성장을 쌓아가는 즐거움이 있었다.

책이 주는 즐거움 속에는 많은 추억과 감정이 버무려져 있다.

_신나영

초등학교 입학하기 전 아빠한테 선물로 받은 책이 『백설 공주』, 『이순신』, 『퀴리 부인』이었다. 세 권의 책을 마르고 닳도록 읽었다. 아빠가 분야별로 골고루 사주셨구나 싶다. 초등학생이 되니 20권짜리 전래동화 전집과 60권짜리 창작동화 전집을 사주셨다. 예전에는 딱히 놀거리가 없어 심심하면 책을 읽었다. 창작동화를 읽으면서 '소록도'도 알게 되었고 전래동화를 읽으면서 인과응보가 있는 것을 보며 착하게 살아야지 했다.

고등학교 국어 선생님이 수업 시간에 삼중당 문고의 시를 읽어주면 서점에 가서 그 책을 샀다. 나는 '다복솔'이라는 문학동아리에 소속되어 있었다. 사실 문학책을 읽고 토론한 기억은 없다. 선·후배들과 MT를 가거나 지역 전체 고등학교 동아리 모임에 참석했던 기억만 있을 뿐이다. 지금 생각하면 참 아쉬운 맘이 든다. 문학 동아리의 특징을 살려, 보다 적극적으로 책을 읽고 토론하는 모임으로 운영됐더라면 훨씬 더 좋았을 텐데 하는 아쉬움 말이다. 하지만 '다복솔'은 고등학교 시절에 소중한 장소였고 동아리가 들고 싶어 대학에 가고 싶을 정도로 큰 영향을 주었다.

결혼 후, 아이를 낳고 책 읽어주는 것은 나에게 있어 절대적인 일이었다. 큰아이가 태어나자마자 몬테소리에서 책 한 질을 샀고, 블로그를 만들어 '북트리'라고 그날그날 읽은 책을 기록했다. 아이가 어떤 책을 좋아하는지 어떤 책을 읽었는지 기록하는 것이 재미있고 즐거웠다. 그런데 어느 순간부터는 블로그에 기록하는 것이 의무적으로 느껴졌다. 부담이 되는 순간 재미는 사라진다. 순수한 재미를 잃고 싶지 않아서 읽은 책을 기록하는 일은 그만두었다.

아이를 키우기 위해서는 내 공부가 더 필요해 책육아를 한 부모들을 따라 했다. 책 잘 읽는 아이로 키운 엄마들이 쓴 체험담의 책을 사서 읽고, 그 엄마들이 아이에게 읽혔던 책도 사고, 책에서 시키는 대로 했다. 그런데 아이에게도 읽어주고 나도 책을 읽는데, 읽으면 읽을수록 내가 책을 좋아하는 사람이 되어갔다. 아이들이 초등학교에 가서는 어느 순간부터 스스로 읽으려 하지 않았고 나의 애씀으로 책을 읽히는 데에는 한계가 있었다. 그래서 책을 좋아하는 열정을 고스란히 나에게 쏟기로 했다. 아이들에게 권유는 하되 강요는 하지 말자 생각하고 나는 매일매일 책 읽는 엄마가 되었다.

큰애가 5학년 무렵, 독서 논술을 시키고는 싶은데 아이에게 필요한지 판단이 서지 않았다. '스스로 하고 싶어 할 때까지 기다려야 하나? 내가 개입해서 연결해야 하나?' 고민이 되었다. 논술을 가르치는 지인이 배우는 것이 좋다고 조언했다. 인터넷으로 검색하고 찾아보니 대교에 '솔루니'라는 논술 프로그램이 있었다. 대교에 대한 신뢰가 있었던지라 고민하지 않고 두 아들의 논술 수업을 신청했다. 지속적으로 참여하게 하는 것도 쉽지 않았다. 스스로 책을 읽어야 하는데, 엄마의 숙제였다. 이런 식으로 책을 읽히는 게 무슨 도움이 될까 싶었다. 몇 번이나 그만두고 싶었지만, 담당 선생님의 만류로 고1까지 겨우 이어갔다. 작은아이는 몇 달 하다가 그만두었다.

그때 선생님이 항상 책을 읽고 있던 나를 보고는 솔루니 교사를 권했다. 큰아이가 중1, 작은아이가 초등학교 4학년이라 나 또한 어떤 일을 하면 좋을까 생각하던 때였다. 책을 읽었던 경험과 이해를 바탕으로 아이들에게 적용하면 지도하는 데 도움이 될 것 같아 논술 교사를 선택했다. 그렇게 취미가 직업으로 자리 잡은 지 6년이 되었다. 방문교사로 일하다가 방문교사는 한계가 있는 것 같아 2023년 5월에 교습소를 오픈했다. 이곳에서 나는 인생 2막을 열어 가고 있다. 아침에 일어나서 아이들을 학교 보내고 출근하는 이 공간이 참 좋다. 도착해서 음악을 틀어놓고 따뜻한 커피를 마시며 하루를 시작하는 삶이 참으로 행복하다.

취미가 직업으로 연결되다 보니 공부해야 할 것이 참 많다. 국어국문학과를 나왔거나 문예창작학과를 나왔다면 더욱 기본기가 탄탄했을 텐데 책을 좋아하고 사랑하는 마음 하나로 논술 교사를 하고 있으니 말이다. 하지만 중요한 것은 책을 대하는 태도와 마음가짐이다. 독서가 취미였던 이유는 책이 재미있고 배울 것이 많아 지적 성장을 쌓아가는 즐거움이 있었다. 그 즐거움 속에는 많은 추억과 감정이 버무려져 있다. 재미와 유익함의 단계를 거치면 독서 습관화가 선물로 주어진다. 아이들이 책을 좋아하고 잘 읽는 습관을 형성하도록 도와주는 것이 쉬운 일은 아니지만 그 과정을 거쳐 본 사람은 더 유연하게 이끌 수 있다고 생각한다. 많은 아이에게 독서가 습관으로 장착되어 책 읽는 것이 얼마나 즐겁고 큰 행복인지를 가르치고 싶다.

"세상에서 가장 강인한 내면을 가진 사람은 홀로 앉아 아무것도 하지 않고 긴 시간을 보낼 수 있는 사람이다. 그래서 독서는 가장 강한 자의 지적 도구다."

(참고 : 『하루 한 장 365 인문학 일력』, 김종원)

아이들을 교습소에 보내는 엄마들은 공부를 잘했으면 하는 마음이 크다. 처음은 목적을 가지고 책 읽기를 시작했을지라도 이후에는 즐길 수 있는 과정에 이르게 하고 싶다. 어떻게 하면 아이들에게 즐길 수 있는 상황을 만들 수 있을까? 이것이 지금은 나의 숙제이다. 아이들에게 책 읽기가 자동 시스템으로 장착된다면 가장 강한 지적 도구를 손에 쥘 기회가 될 테니 말이다. 이것은 논술 교사로서 아이들에게 줄 수 있는 가장 큰 선물이다.

어린 시절부터 지금까지 책은 나에게 있어 줄곧 함께하는 친구이다. 독서로 얻은 게 많아 우리 아이들도 책을 통해 배웠으면 했다. 책을 읽어주고 읽히려고 시도했지만, 한계가 있었다. 책은 나의 취미이지 아이들의 취미는 아니었음을 인정하고 열심히 책 읽는 엄마가 되면서 그 취미가 지금은 직업이 되었다. 책육아는 우리 아이들을 거쳐 다른 아이들에게까지 뻗어나갔다. 두 아들을 위해 시작한 책육아는 나를 키우는 과정이었다. 책을 읽고 가르치는 일은 자연스레 글을 쓰고 싶은 마음이 들게 했다. 쓰는 과정에서 나를 돌아볼 수 있었고 삶을 관찰하게 되었다. 이제는 삶의 관찰자가 되어서 더 깊은 나와 만난다.

5장 읽고 쓰는 삶에 메모하기

사주에
책이 세 권

박지영

책장을 펴는 그 순간, 또 다른 세상과 연결될 수 있다.

_박지영

40대로 접어든 어느 날, 미래에 대한 불안감이 엄습해 왔다. 친한 언니가 철학관을 추천해 주셨다. 그분이 내 사주를 한참 들여다보더니 조용히 말했다. "지영 씨는 사주에 책이 세 권 있어요." 그 말을 들었을 때, 무슨 뜻인지 정확히는 알 수 없었다. 금이 세 개라고 해 주셨으면 더 반가웠을까? 책이 세 권이라니 그게 도대체 무슨 의미일까? 처음에는 단순히 독서를 좋아하거나 책과 관련된 일을 한다는 뜻인가 싶었다. 하지만 시간이 지나면서 그 말은 더 큰 울림으로 다가왔다. '세 권의 책'은 단순히 종이와 글자로 이루어진 책이 아니었다. 그것은 삶 속에서 만들어가야 할 이야기, 경험, 그리고 흔적이었다.

'세 권의 책'이 무엇일지 생각해 본다. 첫 번째는 책 읽기를 좋아하며 살아온 이야기인 것 같다. 두 번째는 늘 책을 봐야 하는 영어 교사가 된 현재. 그리고 세 번째 책은 아직 알 수 없다. 그 책은 앞으로 살아가며 찾아야 할 꿈이나 목표를 담은 이야기일 수도 있고, 혹은 내가 마지막으로 남기고 싶은 삶의 흔적일 수도 있다. '책이 세 권 있다'라는 말은 단순히 운명 이야기가 아니었다. 내 삶의 저자가 되어야 한다는 암시였다. 이 책을 어떻게 써 내려갈지 고민하며 매일 조금씩 나만의 이야기를 만들어가고 있다. 아직 서툴고 완벽하진 않겠지만 글을 써 내려갈 것이다. 언젠가 누군가가 내 책을 읽으며 위로를 얻거나 희망을 발견할 수 있다면 그 자체로 충분히 의미 있다. 한 권의 책이 아니라 세 권의 책이라니 멋진 일이다.

첫 번째 책 : 책을 읽으며 자라다

책 읽기에 빠진 나. 어릴 때부터 책 읽기를 좋아했다. 집에는 책이 거의 없었다. 하지만 친구 집에는 명작동화가 가득했다. 어느 날 수정이 집에 가서는 책만 읽었다. 친구는 그런 나를 배려해 주었다. 명작동화가 너무 재미있어서 전집을 다 읽었다. 뒷동네 명진이 집에도 책이 많았다. 그 친구에게는 대여해서 읽었다. "수정아, 명진아~ 그때 일은 지금도 고맙다." 초중고 동안 책을 많이 읽었던 덕분인지 국어와 영어 성적은 늘 좋았다. '이과로 가야 취업이 잘 된다'라는 가족의 조언에 따라 식

품공학을 전공했다. 하지만 전공이 나와 맞지 않는다는 걸 깨닫는 데는 오랜 시간이 걸리지 않았다. 진로에 대한 확신 없이 선택한 길 그 안에서 방황하며 나는 첫 번째 책을 덮었다.

두 번째 책 : 독서로 바뀐 인생

대학교 3학년 때쯤 IMF가 터졌다. 졸업 후에 나는 어떻게 해서든 취업해야 했다. 국비 지원으로 프로그래밍 수업을 들었다. 그 수업 덕분에 IT 회사에 취업했다. 바로 돈을 벌 수 있게 되었다. 몇 년간은 안정되게 돈을 벌 수 있었지만, 적성에 맞지 않는 일을 하면서 번아웃이 왔다. 다른 직업을 찾고 싶었다. 그러던 중에 재능교육 채용 공고를 보았다. 국어, 영어, 한자를 가르칠 수 있는 회사였다. 어린 시절 내가 좋아한 과목이라 강한 끌림을 느꼈다. 고민 끝에 사표를 내고 바로 면접을 봤다.

그렇게 학습지 회사에서 영어를 가르치기 시작했다. 이후 윤선생 영어교실, 이보영 영어를 거치며 영어 교육자로서의 길을 걸었다. 그 과정에서 깨달은 점이 있다. 아이들은 강압적으로 시킨다고 공부하는 것이 아니었다. 독서가 학생의 성장을 돕는다. 책을 읽는 아이들은 내면의 동기가 생긴다. 학습에 대한 저항이 적고, 어려운 시기에도 스스로 공부의 이유를 찾는다. 나의 경험을 통해 아이들을 가르치면서 적성과 독서가 얼마나 중요한지 더 공감이 갔다. 새 직업으로 진로를 바꾼 것은 두 번째 책이 주는 희망이었다.

세 번째 책 : 현재 진행형인 내 인생

현재 만들어가는 내 시간이다. 지금 쓰고 있는 공저가 어떤 모습일지 상상하면, 설레고 때로는 두렵기도 하다. 과연 어떤 이야기를 담아야 나만의 색깔을 가질 수 있을까? 어쩌면 세 번째 책은 내가 세상에 던지는 질문과 그에 대한 답변의 기록일 것이다. 새로운 만남, 도전, 그리고 나 자신과의 대화가 페이지를 채워갈 것이다. 아직 써 내려가지 않은 페이지들은 기회, 배움, 그리고 새로운 나 자신을 만날 가능성을 품고 있다. 현재 하는 독서 모임, 전자책을 내고, 공저를 쓰는 이 순간들. 모두 세 번째 책 속에 있는 것은 아닐까.

세 번째 책은 나를 더 좋은 미래로 데려다줄 것이다.

철학관에서 말한 세 권의 책. 내 삶을 되돌려보니 어릴 때부터 활자 읽는 걸 좋아했다. 덕분에 잘못된 진로 선택으로 힘들었을 때, 다시 좋아하는 일로 방향을 튼 계기도 책이었다. 30대에는 일과 육아로 잠시 멀어졌던 책이 좋은 길로 나를 또 안내해주고 있다. 독서를 쉬고 있다면 어떤 책이든 책장에서 꺼내는 것은 어떨까? 책장을 펴는 그 순간 또 다른 세상과 연결될 수 있다.

배우고 가르친 20년,
이제는 글로 전합니다

윤영진

20년 넘게 한 가지 일을 꾸준히 해왔다는 것만으로도 나름의 의미가 있다.

이제 그 이야기를 책으로 나누고자 한다.

_윤영진

학생을 가르치며 20여년간 쉬지 않고 달려왔다. 그래서 마음 한구석에 남아있던 공허함을 글로 채우고 싶었다. 자기 계발에 관심이 부쩍 많아지던 시기가 있었는데 그때 해보고 싶었던 것이 글쓰기였다. 많은 사람이 자기 계발을 위해 글을 쓴다. 또 어떤 사람들은 자신이 쓴 글을 통해 다른 이들이 긍정적으로 변화하는 모습을 보고 행복해한다. 나 역시 이러한 이유로 책을 써야겠다는 생각이 들었다.

학창 시절 나의 꿈은 많았다. 초등학교 저학년 때는 대통령이 되고 싶어 웅변 학원에 다녔다. 대회도 나갔으며 6년 중 5년 동안 반장에 당선

되기도 했다. 고학년이 되면서 꿈은 과학자로 바뀌었다. 발명품을 만들어서 경진대회에 참가했다. 과학상자 조립대회, 라디오 조립대회, 무선조종자동차 대회에 참가하면서 과학자의 꿈을 키웠다. 중학생이 되면서 음악가가 되고 싶었다. 가수가 되는 것은 현실적으로 어려울 것 같아 작곡가를 꿈꾸었다. 고등학생 때는 의사가 되기로 했다. 의대에 진학하여 외과 의사가 되는 꿈을 꾸기도 했다. 대학생이 되었을 때는 빌 게이츠를 본받아 세계적인 프로그래머나 컴퓨터 개발자가 되고 싶었다. 나는 단한 번도 수학 강사가 되고 싶은 꿈을 꾼 적이 없다.

아르바이트로 시작한 수학 강사가 이렇게 적성에 맞고 재미있을 줄 몰랐다. 수입도 만족스러웠다. 직업별로 수입의 차이는 통계를 통해 확인할 수 있다. 해당 직업군의 평균 수입을 확인하면 된다. 하지만, 현실은 조금 다르다. 같은 직업이라 해도 능력에 따라 수입 차이가 크게 나는 직업도 있고 차이가 거의 없는 직업도 있다. 예를 들어 학교 선생님들은 해마다 호봉이 올라 급여가 증가한다. 연차에 따라 급여가 다르지만 2025년 기준으로 1호봉 초임 선생님의 봉급이 약 190만 원이고 40호봉 선생님의 봉급이 약 600만 원이다. 최고와 최저 연봉의 차이가 크지 않다.

하지만, 학원 강사의 급여는 그렇지 않다. 전국 1타 수학 강사의 급여는 2025년 기준으로 연봉 400억 원이 넘기도 하고, 동네 시간제 수학 강사의 급여는 월 40만 원이 안 되는 예도 있다. 1,000배 이상 차이가 난다고 할 수 있다. 나는 전국 1타도 아니고 지역 1타도 아니다. 동네 1타라고 자칭해도 다른 사람들이 인정하지 않으면 그만이다. 그렇지만 또래 친구들보다 수입이 많다. 수입을 자랑하고 싶은 것이 아니라 자기 능력을 금전적으로 인정받을 수 있는 공간을 권하고 싶다. 내가 학교 선생님이 되었더라면 현재보다 수입이 좋았을 리 없다.

수학 강사를 하던 시절에는 급여에 관심이 없었다. 관심이 없다기보다는 무지했다. 급여보다 학생들의 성적에 관심이 많았다. 어떻게 하면 이 녀석들의 성적을 올릴 수 있을까? 어떻게 하면 더 재미있게 이해하고 더 쉽게 암기하도록 할까? 이런 고민을 많이 했다. 소단원 하나를 설명할 때도 철저히 준비했다. 자료를 찾아 용어의 유래를 익히고, 학생들이 쉽게 이해할 수 있도록 재미있는 애드리브도 활용했다. 공식 암기는 자극적인 단어나 상황을 만들어 기억에 깊이 남도록 했다. 이는 기억력을 강화하는 '해마 학습법'의 일종으로, 자극적인 단어나 상황을 활용해 쉽게 기억하도록 하는 방식이다. 시험이 끝난 후 학생들의 스트레스를 풀어주기 위해 '과자 파티'를 하고 함께 놀러 가기도 했다. 열정은 가득했지만, 급여를 올리고 싶다거나 부자가 되고 싶다고 생각한 적은 없다. 그 열정이 몸값으로 바뀌고 있다는 것을 그때는 알지 못했다.

당신과 나의 하루, 에세이로 피어나다

수학 학원장이 되면서 올라간 나의 몸값을 확인할 수 있었지만, 강사와 원장의 업무 차이는 컸다. 수업만 잘해서는 학원을 경영하고 키워갈 수 없었다. 학생과 학부모를 대하는 방법, 강사를 대하는 방법, 홍보, 마케팅, 차량 운행 등 내가 겪어본 적 없는 일투성이였다. 처음부터 배우며 일하는 과정은 쉽지 않았다. 일정 궤도에 오르는 시간도 오래 걸렸다. 다른 원장님들이 어떻게 운영하고 있는지, 학생, 학부모, 강사들에게 어떻게 대하는지 궁금해도 알 방법이 없었다.

밤늦게까지 학원에 남는 일이 많았고, 식사와 잠자는 시간조차 아껴가며 버텼다. 1년 365일 중 설과 추석 당일을 제외하곤 쉬는 날이 없었고, 그마저도 부모님을 뵙고 돌아오면 다시 업무에 매달렸다. 업무에 도움 될 만한 책을 읽고, 인터넷에서 자료를 모으며 학원 운영과 관련된 모든 것을 정리했다. 엑셀을 배우고, 한글 워드프로세서의 수식 기능도 익혔다. 3년 넘게 학원 운영에 대한 노력을 멈추지 않았다.

과정은 험난했지만, 결과는 달콤했다. 고된 과정을 후배 강사나 원장들이 다시 겪지 않기를 바라는 마음에 책을 쓰기로 했다. 나는 지방의 작은 도시에서 수학 강사로 일하고 있다. 어떻게 돈을 벌었는지 비결을 공개한다고 해서 내 수입이 줄어들 일은 없다. 다만, 누군가 나의 경험담을 통해 도움받고, 삶이 조금이라도 나아진다면 그것만으로도 충분히 보람 있다. 수학 강사로서 더 나은 수입을 원하거나, 학원 운영에 관심 있는 이들에게 나의 경험이 길잡이가 되기를 바랄 뿐.

살아온 세월이 쌓이면서 문득 내 인생을 돌아보게 된다. 얼마나 잘 살아왔는지, 다른 이들에게 긍정적인 영향을 주었는지를 되새겨본다. 허투루 보낸 시간도 있었고, 앞만 보고 달려온 시간도 있었다. 하지만 20년 넘게 한 가지 일을 꾸준히 해왔다는 것만으로 의미가 있지 않을까. 그 이야기를 나누고자 한다. 누군가는 내 경험을 보고 '이렇게 살면 안 되겠구나' 생각할 수도 있고, 또 누군가는 '이런 길도 있구나' 깨달을지도 모른다. 내가 성공한 사람인지는 모르겠다. 성공의 기준은 사람마다 다르니까. 하지만 확실한 건, 나는 내 삶에 만족하며 살아왔다는 것이다. 그래서 이제, 수학 강사이자 학원장으로서 걸어온 길을 바탕으로 '수학 강사로 성공하는 법'이라는 책을 써보려 한다.

7

글을 쓰다,
나를 쓰다

전승희

> 글쓰기는 도전이다.
>
> 나를 돌아보고 나랑 마주하며 한 줄 한 줄 써 내려간다.
>
> 글로 쓰지 않았다면 기억 속에 묻혀있을 '내'가 떠오른다. 글을 쓰며 나를 발견한다.
>
> _전승희

서술형보다 사지선다를 선호한다. 학원 안내문 문구 하나도 쉽지 않아 며칠을 심사숙고해서 완성한다. 글쓰기, 한 번도 생각해 본 적 없다. 그런데 더더군다나 책을 쓴다고? 아무래도 나와는 거리가 먼 얘기다.

다섯 살 때 교통사고가 났었다. 머리를 다쳐서 수술하느라 머리카락을 빡빡 밀었다. 머리 전체를 붕대로 감아 왕만두처럼 보였던 기억이 어렴풋이 난다. 심각한 부상은 아니었지만, 초등학교 고학년 때까지 정기적으로 종합병원에 다녔다. 엄마는 학기 초만 되면 담임선생님께 나는 체육 시간에 아무것도 시키지 말라고 부탁했다. 쭉 체육 못하는 아이로 성장했다. 운동은 나와 어울리지 않는 것이란 생각을 달고 살았다. 성인이 되어 여러 운동을 해보고 신체활동이 기분과 정신에 큰 영향을 끼친다는 것을 체감했다. 건강한 육체에 건전한 정신이 깃든다고 했던가. 시험 보려고 외웠던 문구였는데 진짜였다.

며칠 후 공저에 대한 안내가 다시 보였다. 그런데 볼 때마다 자꾸 눈길이 가고 마감되었나 살피고 있는 게 아닌가?

'한번 해 볼까?'
'에이 내가 어떻게 해.'
'아, 근데 하고 싶다. 이번 기회가 아니면 언제 해 보겠어?

하루에도 몇 번씩 마음이 이랬다저랬다 갈피를 못 잡는다. 나에게 글쓰기는 초등학교 체육 시간처럼 생소하고 멀게만 느껴진다. 글을 얼마나 잘 쓸 수 있을지는 둘째 문제다. 다른 공저자들에게 피해 주지 않고 끝까지 완수할 수 있을지가 더 걱정이었다.

혼자 고민만 거듭하면 무엇하랴. 공저를 이끄는 대표에게 상의를 구했다. 잘 이끌어 줄 거란 믿음을 주었다. 함께 공저하는 사람들도 있으니 든든하기도 했다. 주어지는 과제, 해야 할 것들 잘 따라가면 어떻게든 되겠지! 경험을 돌아보니, 나답지 않은 일을 우연히 했던 때와 나와는 어울리지 않는 일이어도 도전했을 때가 떠올랐다. 새로운 깨달음을 주고 인생을 의미 있게 해주었던 소중한 경험들이었다. 이번엔 글쓰기가 그렇지 않을까? 기대와 설렘을 안고, 나의 모든 용기를 긁어모아 공저 신청서를 제출했다.

15년 가까이 직장인이었다. 과장이었을 때 갑작스러운 상사의 부재에 1년을 혼자 버텼다. 회사로부터 상사의 후임자 채용 없이 일하는 제안도 받았었다. 집에 일거리를 싸 들고 와도 괜찮았다. 워라밸, 뭔지도 몰랐다. 학원에서도 잘 가르치면 되는 줄 알았다. 잘 가르치는 것만큼 중요한 것이 소통이었다. 코로나 초기 흉흉했던 시기에 안내문이 시시때때로 필요했다. 처음 겪는 비상사태에 모두가 민감했던 터라 단어 하나도 신중히 선택해야 했다. 짧은 기간 동안 몇 년 치 안내문을 작성하면서 글쓰기 능력의 필요성을 절감했다.

『온리원 영어학원 만들기』라는 학원 경영책을 읽었다. 쉽게 읽히고 전달력 있는 작가의 문체에 매료되었다. 공감 백배 에피소드로 가득 차 있었다. 내 마음이 스캔되어 그대로 글로 옮겨져 있었다. 여러 생각들이 안개처럼 뭉게뭉게 피어오르지만 한마디로 말하려면 말문이 막힌다. 그

뿐인가? 이런저런 생각들이 정리되지 않은 채 여기저기 파편처럼 흩어져 있다. 이 생각 뭉치들을 잘 풀어내어 의도한 바를 표현해 내는 능력, 얼마나 멋진가?

공저에 참여하며 글쓰기의 매력을 맛보았다. 나에게 세 가지 의미로 다가왔다. 첫째, 자기 자신을 들여다보는 과정이다. 글쓰기는 거울과도 같아서 나와 마주하는 시간이다. 바쁘게 살아가며 미처 돌아보지 못한 내 생각과 감정을 글로 표현하며 나를 이해하게 된다. 둘째, 마음의 짐을 덜어주는 치유의 도구이다. 힘들었던 순간이나 부정적인 감정을 글로 표현하면 내 안에서 무겁게 자리 잡지 않는다. 글로 쓰는 과정에서 마음이 정화된다. 셋째, 세상과 연결되는 방법이다. 알거나 또는 알지 못하는 누군가와 소통의 수단이다. 나도 누군가의 글을 읽으며 지식을 얻고 공감하고 때로는 위로를 받는다.

나에게 글쓰기는 도전이다. 나를 돌아보는 시간을 가지고 나랑 마주하며 용기 내어 한 줄 한 줄 써 내려간다. 글쓰기의 좋은 점도 매일 조금씩 더 와닿는다. 글로 쓰지 않았다면 기억 속에 묻혀있을 '내'가 떠오른다. 글을 쓴다, 나를 쓴다. 글쓰기, 시작하길 잘했다!

8

26년째 키보드 두드리는
학원 CEO

김위아

> 쓰기는 해우소 解憂所다.
>
> '근심을 덜어주는 곳'이라는 뜻으로 사찰에서 재래식 화장실을 부르는 단어다.
>
> 화장실에 매일 가듯, 매일 쓰면 몸이 가벼워지고 근심이 사라진다.
>
> _김위아

마지막이야. 다신 쓰나 봐라.

출간할 때마다 퇴고 막바지에 이를 부득부득 갈았다. 그런데 웬걸! 세상에 나온 내 새끼를 보면 겹겹이 쌓인 피로가 녹아내렸다. 자신과 싸워서 얻은 성장의 기쁨을 만끽하며 어느새 키보드를 두드리고 있었다.

타닥~타닥~타닥~!

2023년 3월, 『나는 일상에 무너지지 않는다』 출간 기념 특강을 했는데, '책 쓰기로 멘탈 키우는 학원 CEO'라고 소개했다. 학원장이면서 작가라는 정체성을 모두 보여주고 싶었다. 지인들은 학원 경영하면서 언제 책을 쓰겠냐며, 한 권만 출간할 거라고 말했다. 기대와 달리, 2020년부터 5년간 개인 저서 다섯 권, 공저 세 권, 전자책 여섯 권을 출간했다. 매년 책을 쓴 이유는 나를 담금질할 수 있어서였다. 만만치 않은 출간 과정을 참아내고 이겨내고 꾸역꾸역 쓰며 마음을 단련했다. 글쓰기로 멘탈 관리하는 건 어릴 적부터 습관이기도 하다.

외할아버지와 엄마는 서예를 했다. 다섯 살에 천자문을 시작하는 게 집안 전통이었다. 꼬맹이 때도 바깥에서 노는 시간이 더 많았다. 엄마는 내가 집시처럼 떠돌이로 살까 봐 한자 읽고 쓰기를 엄하게 시켰다. 그날 분량을 마치지 않으면 방문을 열어주지 않았다. 쓰기는 그러니까 '가만히 앉혀 두기 위한 수단'이었다. 울며 마지못해서 했던 공부는 나를 '쓰는 사람, 김위아'로 살아가게 했다. 글쓰기 덕분에 학창 시절에 괜찮은 성적을 얻고, 학원을 키우고, 작가가 되고, 2024년 1월부터 책 쓰기 코치로도 활동한다.

중고등 내내 필사하며 공부했다. 부모와 헤어져 친척 집에 얹혀살아서 교재를 사달라고 할 수 없었다. 친구들 학습지나 문제집을 빌려서 공

책에 적은 다음 문제를 풀었다. 공공 도서관에서 사전을 필사했다. 교회에서 성경 암송 대회를 열었는데 성경책이 없어서 외울 구절을 베껴 적었다. 읽고 쓰는 인생은 대학에서도 이어졌다. 교양 과목 교재에 한자가 한글만큼 섞여 있었다. 나는 사전 없이 읽을 수 있어서 교재 읽기는 내 차지였다. 신문사 기자인 대학 선배가 학과 사무실로 글쓰기, 영어, 한문이 모두 되는 학생을 추천해 달라고 연락했고, 내가 가게 됐다. 신문사에서 교정교열부 기자들의 업무를 거들었다.

학원을 키운 원동력도 글쓰기다. 26년간 내가 채운 A4 용지가 3만 장이 훌쩍 넘는다. 학습 결과지, 교재, 시험지, 안내문, 매뉴얼, 메일과 문자. 1년 차부터 학부모에게 편지를 썼다. 스마트폰이 없던 시절이라 학생 태도를 자세히 묘사해서 궁금증을 덜어주었다. '뭐 쓰지?' 당장 쓸 말이 생각나지 않아도 뭐라도 끄적거리다 보면 연관 검색어처럼, 학생의 특징이 떠올랐다. 단어 하나가 실마리가 돼서 A4 두 장을 채웠다. 쓰다 보면 밑바닥에 가라앉아 있던 기억이 선명해졌다. 그 맛에 썼다. 온전히 '학생 한 명'만 생각했다. 펼쳐보지 않는 학부모도 있었지만, 그래도 썼다. 남이 몰라줘도 괜찮았다. 선생으로서 최선을 다했다는 걸 내가 알기에 당당할 수 있었다. 쓰기는 노력의 증거로 남아서 학원의 성장을 이끌었다. 기록의 힘은 세월이 흐를수록 진가를 발휘했다.

글쓰기는 누구에게나 필요하다. 사업가에게는 더 그렇다. 멘탈이 튼튼하고 판단력과 사고력이 좋아야 사업체를 경영할 수 있다. 글 쓰면서 사고가 명확해졌기에 사업가로서 역량을 잘 펼칠 수 있었다고 믿는다. 글, 말, 생각은 하나라서 마음이 어수선할 때 글을 쓰면 상황을 객관적으로 바라보게 되고, 불안감이 줄어든다.

매 순간 선택하고 책임지는 원장에게, 글쓰기는 해우소解憂所다. '근심을 덜어주는 곳'이라는 뜻으로 사찰에서 재래식 화장실을 부르는 단어다. 화장실에 매일 가듯, 매일 쓴다. 몸에 붙어있던 걱정거리를 백지에 쏟아내서인지, 쓰고 나면 걱정의 무게가 줄어든다. 하루를 쓰기로 시작해서 쓰기로 끝낸다. 아침 일기를 쓰고 블로그 포스팅을 올린다. 영어원서 A4 1장 분량, 시 한 편을 필사한다. 잠자기 전에는 감사 일기와 성공 일기로 마무리한다. 학원과 나를 세우려고 오늘도 키보드 위에서 타닥~타닥~타닥~ 리듬 타며 글꽃을 피워낸다.

당신과 나의 하루, 에세이로 피어나다

에필로그

최문희

사람들이 질문합니다. '어떻게 하면 그렇게 날마다 즐거울 수 있는지? 무엇이 에너지 넘치게 하는지?' 곰곰이 나를 들여다봅니다. 타고난 유전 요인이 없는 건 아니겠지만 그것이 전부는 아닙니다. 정답은 사소하고 당연하다고 생각하는 것에 감사함을 느끼면서입니다. 가족의 사랑, 사회에 대한 고마움. 무엇보다 아무런 노력 없이 누리고 있는 자연에 대한 고마움은 필수입니다. 또 다른 하나는 인생의 주인공이 되면서부터입니다. 타인이 정한 삶을 사는 것이 아니라 주인공인 내가 선택하고 책임지는 삶을 살아감으로 인생이 날마다 즐겁고 에너지 넘칠 수 있습니다. 오늘도 존재하는 나를 사랑하세요.

이효원

읽고 쓰기. 내가 책을 가까이하게 될 줄이야? 한 치 앞도 보이지 않던 시기. 어둠 속을 헤매며 더듬거리던 내 손에 닿은 건 다름 아닌 책이었다. 남에게 의지하는 성격이 못되었다. 혼자 감당하기 힘든 시련이 찾아오니 책과 함께 내면의 소리에 집중하게 되었다. 위아비즈 아카데미에서 '함께의 힘, 공동체의 힘'을 다시 한번 실감했다. 모두가 서로를 응원하는 곳. 없던 용기가 절로 생기는 신기한 모임이다. '한 번 사는 인생. 다 해 보는 거지 뭐.' 어느새 에세이 작가가 되었다. 인생에 어떤 일도 일어날 수 있고, 무엇이든 될 수 있음을 안다. 한 치 앞을 모르는 인생이기에, 즐겁지 아니한가?

심다현

매일매일 학생들에게 긍정적인 에너지를 받고 있지만, 학원을 운영하는 과정은 쉽지 않았다. 나와 같은 고민을 하는 원장님들을 만나서 같이 공유하는 시간이 행복했다. 함께 읽고 쓰면서 위안받고 치유되었다. 이 책은 학원 경영인들의 라디오의 레전드 사연 모음집 같은 에세이다. 우리의 시행착오와 경험이 누군가에게 위로가 되기를 바란다. 고민과 걱정에 잠식되지 않기를 바라며, 혼자가 아님을 기억했으면 한다. 흔들림 없이 자신이 가고 있는 이 길이 정답이라는 생각으로 믿고 나아가기를 바란다.

신나영

가정주부로 살아온 삶이 길어서, 교습소를 경영하는 마인드를 잡고 행동으로 옮기는 게 쉽지 않았다. 주부 마인드를 완전히 버리고 재세팅해야 했다. 도움이 필요해서 찾게 된 곳이 위아비즈 아카데미. 이곳에서 잃어버렸던 나를 다시 세울 수 있었고, 여러 원장님과 글을 쓰는 귀한 시간도 얻었다. 간절히 원하면 이루어진다고 했다. 삶이 무료하고 목표도 희미해질 무렵, 삶의 동기부여가 간절했음을 알게 되었다. 글을 쓰면서 나를 돌아보았고 마음을 치유하는 의미 있는 시간이 되었다.

박지영

여러 원장님과 매주 줌 수업에 함께 참여하면서 글을 다듬어 왔던 3개월이 떠오릅니다. 서로에게 응원의 메시지를 주고받는 시간은 따뜻하고 행복했습니다. 또, 학생의 입장도 되어봐서 아이들을 더 이해하게 됐습니다. 공저로 함께한 시간이 소중한 이유는 다른 관점과 경험이 모여 책 한 권을 완성했다는 것입니다. 교육자로 걸어온 길에 자부심도 느꼈습니다. 이 책이 누군가에게 공감과 위로가 되길 바라며 또 다른 가능성을 발견하게 되는 계기가 되길 바랍니다. 글쓰기가 좋은 취미를 넘어 성장의 발자취가 될 수 있다는 것을 알려드리고 싶습니다. 기회를 준 위아비즈 아카데미 김위아 작가님에게도 감사드립니다.

윤영진

우리는 각자의 자리에서 최선을 다해 살아왔다. 학원이라는 작은 공간에서 학생을 만나며 그들의 성장을 돕고, 함께 고민하고 기뻐했다. 그렇게 하루하루를 쌓아가다 보니, 어느덧 한 권의 책이 완성되었다. 우리는 실패했고, 흔들렸고, 다시 일어섰다. 그리고 그 과정에서 삶의 의미를 찾아갔다. 누군가는 우리 이야기를 통해 위로받고 누군가는 자신의 길을 더 단단히 다질 것이다. 우리는 여전히 배우고, 도전하며, 성장하고 있다. 살아온 날들이 모여 이야기가 되고, 그 이야기가 또 다른 누군가에게 닿기를 바라며, 우리는 다시 각자의 길을 걸어간다.

전승희

사회인으로, 엄마로 가끔은 나로 살고 있다. 나로 보내는 시간 중에 책 읽는 즐거움을 알게 되었다. 최근에는 나의 경험을 글로 기록하며 새로운 세계를 발견하는 중이다. 돌아보니 버거웠던 삶의 순간들이 나를 단단하게 만들어주었다는 것을 깨달았다. 그때는 느끼지 못했던 또 다른 의미도 성큼 다가왔다. 처음 도전하는 글쓰기가 어렵기도 하지만 나의 경험과 일상이 글이 되니 신기하다. 마음과 생각을 화면에 옮기는 글쓰기, 매력적이다. 비슷한 고민을 하는 사람들과 공감하며 소통할 수 있다면 더할 나위 없을 것이다.

김위아

에세이를 쓰면서, 사소한 순간까지 사랑하게 되었다. 별거 아니라고 여겼던 일상도, 인생을 뒤흔든 하루도 글로 표현하고 의미를 뽑아내니 매 순간이 소중하다. 크고 작은 경험을 글로 남겨 가치 있게 만드는 것. 에세이의 매력이다. 보고 듣고 느낀 모든 것이 글감이다. 글은 곧 나 자신이니, 잘 쓰기 위해 잘 살기로 했다. 본캐는 학원장, 부캐는 작가인 8인의 이야기가 많은 독자에게 닿기를 바란다.

삶의 의미, 경험으로 배웠다.

The subject is The Meaning of Life. It was taught from experience.

(참고 : 『모리와 함께한 화요일(Tuesdays with Morrie)』)